遇见你，

我原谅了生活所有的刁难

吴瑕 郝格平 ——

译

〔美〕露易丝·戈纳尔
Louise Gornall

著

长江出版传媒 长江文艺出版社

新出图证（鄂）字 03 号

图书在版编目（CIP）数据

　　遇见你，我原谅了生活所有的刁难 / (美) 露易丝·戈纳尔著；吴瑕，郝格平译. -- 武汉：长江文艺出版社，2019.7

　　ISBN 978-7-5702-1132-6

　　Ⅰ.①遇… Ⅱ.①露… ②吴… ③郝… Ⅲ.①长篇小说—美国—现代 Ⅳ.I712.45

　　中国版本图书馆CIP数据核字(2019)第109898号

著作权合同登记号：17-2019-154

UNDER ROSE-TAINTED SKIES
by Louise Gornall
Copyright © 2016 by Louise Gornall
Published by arrangement with D4EO Literary Agency www.d4eoliteraryagency.com
Through Bardon-Chinese Media Agency
Simplified Chinese translation copyright © 2019
by Beijing Mediatime Books Co., Ltd.
ALL RIGHTS RESERVED

责任编辑：薛纪雨　夜　阑　　　　　责任校对：韩　雨
封面设计：仙境设计　　　　　　　　责任印制：张　涛

出版：长江出版传媒　长江文艺出版社
地址：武汉市雄楚大街 268 号　　　　邮编：430070
发行：长江文艺出版社
　　　北京时代华语国际传媒股份有限公司　（电话：010-83670231）
http://www.cjlap.com
印刷：唐山富达印务有限公司

开本：880毫米×1230毫米　1/32　　印张：8
版次：2019 年7月第1版　　　　　　2019 年7月第1次印刷
字数：180千字

定价：42.00 元

1

外窗台上停着一只乌鸫①，鼓足了劲儿地吱喳个不停，让我不胜其烦，真想杀死这只可恶的破鸟。只见它来回跳动，时不时地将翅膀舒展开来，并拍打着，却丝毫没有要飞走的意思。

关键是只要它想，它随时都可以飞走，而它也很清楚这一点。吱喳声停了，它转过小脑袋看着我，我敢肯定它在得意地笑。

自以为是的臭鸟。

我拿起枕头扔向窗子，枕头砸在玻璃上后重重地落在了内窗台上，然后又落到一摞书上，最后掉在了我卧室的地板上，一副萎蔫泄气的样子。

乌鸫并没有受到惊扰，但它已经无足轻重了，因为我的目光落在了一本叫作《道林·格雷的画像》的书上，它的一角和下面的五本书稍微有些不齐。

这本书是"读者的选择合集"版，共有二百二十八页，它下面的五本书也都是二百二十八页。左边是另一摞书，也是六本，都是二百七十二页，最上面是多佛出版社出版的平装版《傲慢与偏见》。

"诺拉，"妈妈在楼梯上吼道，"十秒之内再不下来的话，我就断网了。"过去的二十分钟里，我一直在挑战她的耐心。

"我的胃还在疼。"我回答道。妈妈没有说话，我想她正在打

---

① 乌鸫，又名百舌鸟，是鸫科鸫属的鸟类，因全身羽毛乌黑而得名。广泛分布于欧洲、非洲、亚洲，是瑞典国鸟。

消让我离开房间到外面去的想法。

"就算你得了腺鼠疫我也不在乎。"她停顿了一下，告诉自己要坚定，决不能心软，"八秒之内如果你再不下楼的话，你就能和你的网络吻别了。"她的声音略带沙哑，让我惊奇的是，她竟真的把医生关于"严厉的爱"的建议当真了。

我妥协了。

至少是向她妥协了。我转头看向那摞书，它们像是一座摇摇欲坠的塔楼，亦像一堵破壁。这时，里弗斯医生出现在我的脑海中，告诉我要考验自己，告诉我别去管那本扰乱我注意力的书，然后观察周围的世界是怎样安然无恙而不是像我想的那样轰然崩塌。

我长吁了一口气，爬下床，捡起地上的枕头放回了原处。床上一共有四个枕头，都是菱形并成角度地放置在床头，枕头下面是铺得极其平整的床单和被子。

感觉脖子发烫，用每个手指都轻敲了六下之后，我离开了房间。

但在踏上楼梯之前，我满心都是那个与其他五本书的摆放稍有不齐的书角。就像你曾听过一首歌，却怎么也想不起来歌的名字，或是你曾在另一部影片中看到过某个演员，但就是想不起来是哪部影片。关于那个书角的想法就像是黑色的霉菌在侵蚀着我的大脑，让我头疼、牙根直痒。

我站在楼梯口，闭上双眼，努力让自己的大脑放空。

不要回去，不要回去，你不需要回去，也不要去想它。

问题是大脑的空白变成了一张白纸，而这张白纸让我想到了书，然后就又想到了《道林·格雷的画像》，见鬼。

我还是返回了房间，把书推回了原位，然后开始讨厌这样的自己。

那只乌鸫再次吸引了我的目光。它还在原来的位置上，我觉得它肯定知道我会回来。于是我砰地一拳打在玻璃上，并大喊了一声"嘭！"它尖叫着飞向了天空。我笑了，嘲讽地向它挥手道别。这是一个很小却令人满意的胜利。

紧接着，透过窗户我看到了一个男孩，站在他家花园小路的半道上，正看着我，像在看一个疯子。他抱着一个箱子，上面贴着写有卧室的字条。我注意到了他那强壮的、鼓起来的肱二头肌，感觉都要把衬衫袖子撑破了。

新邻居。

我希望他不要以为刚才那一拳是冲他的。他是因为这个原因才停下的吗？我是不是应该微笑着向他挥手示意呢？我觉得自己像个傻子一样。

我们两个都只是盯着对方，场面很是尴尬。直到一名身着轻薄夏裙的女性步履轻盈地走出来，转移了他的注意力，于是我便悄悄溜走了。

像踩着铁鞋的巨人一样，我嗵嗵嗵嗵地跑下楼。共有十一级台阶，所以最后一级台阶我一定要踩两次，因为对于偶数我也有着无法控制的执着。

"你没必要把最后一级台阶踩两次。"如果里弗斯医生在的话，她一定会这样说。

"不，我有。"我会告诉她。然后她会问我为什么，我会一如既往地回答道："因为我的思维方式就是这样。"

3

2

穿上外套，拿上钥匙，妈妈一脸笑容，但我知道我的网络连接改天还会再受到威胁。断开我的网络连接就像是拔掉了维持我生命的仪器，然后将我关入一个箱子并扔进了大海。但是就像她在很认真地摸索着我舒适地带的界限一样，我也在很认真地质疑着她的意志是否足够坚定来让她彻底完成这个威胁计划。这并不是说如果她给我断了网，我就会顽劣到让她的生活也变得一团糟。我之所以质疑，是因为这样做会让她感到内疚。因为她知道如果没有网络，我就真的与世隔绝了。所以，那个闪烁着蓝灯的笨重的塑料盒子是我的朋友。这听起来很可悲，却是真的，是它让我与真实的生活还有一丝联系。

但是，我愚蠢的大脑和它那永无止境的被害妄想却不允许我再进一步寄希望于妈妈对我的同情之上了。所以我出现在了这里。

而且我们要外出了。

这简直是要杀了我。

"东西都拿了吗？"妈妈问道，声音像在唱歌。我们表现得很正常。等我打开我的包，拿出外出检查清单时，我便开始努力让自己维持一个正常的表象：

1. 发生车祸、遭遇抢劫或龙卷风时用来求救的手机。

2. 被困在人群中时用来隔离周围嘈杂声音的耳机。

3. 一瓶水，以防我们的车在荒无人烟的地方抛锚。

4. 再拿一瓶水，以防另外一瓶水泄露或蒸发。

5. 流鼻血、打喷嚏、哭或流口水时用的纸巾。

6. 消毒剂，用来杀灭因接触别的东西而沾上的细菌。

7. 用来呼气和呕吐的纸袋。

8. 创可贴和酒精湿巾，以防出现开放性创伤。

9. 吸入器，十二岁以后我的哮喘就没再发作过，但事关呼吸，还是越细心越好。

10. 一根绳子，没有什么特定的用处，但它一直都在这里，我担心如果不带它，世界就会崩塌。

11. 最后，惊恐发作时用来去除口中酸味的口香糖。

正常的表象瞬间俯冲进了我的包里，淹没在一堆杂七杂八的东西之中，然后缓慢地、痛苦地死去了。

我边看清单边点头，嘴巴纹丝未动，嘴唇麻木没有知觉。尽管妈妈连门都还没开，但我的恐慌却已经开始了。

"准备好了吗？"妈妈问道。她的声音有些反常。"好了。"这个原本只有两个字的词突然像是有五十个字那么长。我点了下头，只是轻轻地点了一下，因为在当时的情境下，我坚信自己的脑袋随时都会掉下来。

我感觉脖子上有一条裂缝，像妈妈额头上的那些皱纹一样深。对于我的恐旷症，她和我一样痛苦。我总是忍不住去想，如果我们都别去管我有恐旷症这件事，事情就会简单很多。但我是不能有这样的想法的。相反的，我应该提醒自己，我们之所以要去克服我的恐旷症，是因为如果我不去学习如何控制自己的恐惧，那么我就会在孤独中冰冷地死去。死在我的房间里，无人知晓，只有一些陌生人在我的美俏（Metro，一个社交平台）上发来慰问信息，还有几只狂暴的猫舔食我腐烂的尸体。

妈妈那翠绿色的眼睛里满是让我安心的讯息。她微微点了下头，牵起我的手，然后开始唠叨那些毫无用处的话。

"呼吸就好了，用鼻子吸气，用嘴呼气，只要保持呼吸就好了。"

当惊恐发作时，地面就会变得像湿水泥一样。而当我们向汽车走过去时，我便会感觉双脚在一直往下沉。

我将视线固定在我的靴子上，因为看见外面广阔的空间会将原本就很脆弱的我杀死。

我感觉自己在一点一点地被淹没。

"妈妈。"我抓住她的胳膊，紧紧地抱在胸前，仿佛它是一个浮标。

"你会没事的，宝贝，我们马上就到了。"

我感觉有好多虫子在我的皮肤下面蠕动，下嘴唇好像已经掉了。我不记得自己吞下过一个高尔夫球，但我觉得它的确在那里，卡在我的喉咙处，让我越来越难以呼吸。我集中精力让自己一步一步往前走，九月炽热的阳光洒满了我的全身。我的脚步越来越慢，腿越来越难以伸直。

我完了，照这样的速度，我永远也走不到车边。

"保持呼吸，你只需保持呼吸就好了。"妈妈将另一只胳膊环在我肩上，紧紧地搂着我。她几乎是抱我往前走，这正合我意，因为我觉得我的肌肉已经融化掉了。

感觉过了一个世纪之后，妈妈终于拉开车门，费力地让我的屁股坐在了副驾驶座上。

我彻底蔫了，蜷缩在座位上，像一团干瘪的水果。疲惫感像一辆马克卡车一样袭来。从周日开始，我还没被以往惊恐发作出现过的六种症状统统折磨一遍，但现在要发作了，所以紧接着，我开始抽搐了。

　　里弗斯医生称之为痉挛。我的胳膊和腿全都在抽动，嘴里发出了痛苦的呕吐声，全身的骨架都在跟着抽动。我没法让它停止，也没法控制它。恐惧、幻觉等一切不好的感觉占了上风之后，我的身体就会为所欲为，不受控制。

　　但至少这次我没有昏厥，因为昏厥是最糟糕的，尤其是在周围没有人来救助你的情况下。

　　幸运的是，这样的事在我身上只发生过一次。那是我第一次惊恐发作，当时是在学校。当然，我当时并不知道什么是惊恐发作，只是以为自己要死了。

　　当时特别奇怪。我们正在上化学课，道森女士问了我一个关于元素周期表的问题，而我的大脑却一片空白。所有人都看着我，我感觉脖子发烫，视线开始摇晃，就像是沙漠上腾腾升起的热浪模糊了沙漠的景致一样，一切都变得模糊不清了。

　　然后我就什么都不知道了，再醒来我就在急诊室了，从那以后事情就变得很糟了。

　　上了车以后，接下来二十五分钟的旅程中，我一直都蜷缩在自己的座位上，不敢往窗外看。耳机中播放着愤怒的、炸裂般的女声音乐，但却无法淹没脑袋里一直在提醒我可能会发生哪些灾难的声音。

　　妈妈把车开到了布里奇·利医疗中心外的一个空车位上，快速熄灭了发动机，然后转过身来看着我。

"你要进去吗？"

"我做不到。"我告诉她，声音很微弱，像老鼠的吱吱声一样。我不是故意不配合，我是真的筋疲力尽，脖子以下的身体部位已经不能用疲惫和麻木来形容了。我不认为我的肌肉还能承受得住我的体重。

妈妈破天荒地马上就同意了。我想，但凡还有点人性的父母就几乎不可能逼迫自己已经崩溃的孩子再去做她不愿做的事情的。

妈妈用了十大步就穿过了停车场，然后去找里弗斯医生过来。

今天的治疗只能在车里进行了。

妈妈走出门，旁边跟着很在行的里弗斯医生。我知道妈妈又在滔滔不绝地道歉，她双手很是活跃，一直比画着，借此来表达她深深的歉意。而里弗斯医生则像往常一样一只手搭在妈妈的肩上，安慰她这件事是不需要道歉的。

里弗斯医生比妈妈矮，差不多一米五高，看起来就像一根细树枝，感觉一阵大风就能把她吹走。她微笑着，沉醉于生活的美好之中。她总是面带微笑，而我的内心却越来越质疑她的微笑。周一早上九点，没有人会在这个时候如此高兴。没有人。

妈妈右转朝马路对面的餐馆走了过去，里弗斯医生则眯起眼睛凝视着我，然后爬进驾驶座，整了整她的外套和裤子，将两只手叠放在大腿上。

"发生了什么？"她问道，她的声音平静而舒缓，像是让人放松的磁带中的海浪声。

"我做不到。"我无法直视她的眼睛，"我很抱歉，但我就是做不到。"她叹了口气，她不喜欢我道歉。

"让我们来聊聊是为什么。"她把眼镜向上推到了头顶。

"那很愚蠢。"

"如果它让你感到害怕了，那么就不愚蠢。告诉我当你需要下车时你正在想什么。"

深呼吸。

"我开始想你的楼梯。"去往里弗斯医生办公室的楼梯共有28个台阶，像童话故事里的楼梯一样蜿蜒曲折，一直向上延伸，最终通往天堂。楼梯的两边是黑色的铸铁扶手，然后是两堵白色的实心墙。

她点了点头。她知道我的这个想法接下来会如何发展，关于无限上升我们谈论了很多，对于楼梯我总是有这个毛病。

"那些楼梯怎么了呢？"

"我不想说。"

"诺拉，这只是你和我的聊天而已。"她彻底放松下来，靠在驾驶座的靠背上，就好像我们是在学校的餐厅，而接下来我们将谈论某位明星的腹肌一样，"你可以告诉我的。"

她的声音很低，就像催眠似的，诱导我说出我的想法。

"我当时正在上美俏，就是我告诉过你的那个社交网站。"她点了点头，我则用力地咬着下嘴唇，"所有这些人都开始在他们的个人账号上发关于濑户灾难的消息。"她知道我说的是发生在日本的地震，因为我看到她的眼中闪过了一丝悲伤。她曾看过相关的第一手报道，成千上万张图片让她很是悲痛惋惜。

"于是我开始阅读……"

她的嘴角向下弯了弯："我想我们说过不要那样做的。"

"我们的确说过，而且我当时也尽力在克制。"

我当时的确在尽力克制。在前几个礼拜的一天，我们曾讨论过要远离那些我无法处理的事情，除非我已经学会了怎样更好地处理它们。避免接触新闻并不难，你只需远离电视，不要看报纸就可以了。但当时我在美俏上看到了例如死亡、毁灭这样的字眼，我必须要知道发生了什么。我忍不住想要去看，就像一只扑火的飞蛾，那是一种难以克制的强烈欲望。

"其中一则报道是关于一位名叫由依的女性，她在那栋办公楼的一楼工作。她说在一楼和二楼的所有人都成功逃了出去，但因为楼梯坍塌，电梯停止运行，三到五楼的人都被困在了里面。"我边说边试想那些可怜的人当时脑海中会想些什么，我的手指拧在了一起，毫无血色，浑身在冒汗。

"好了。"里弗斯医生把手放在我的手上面，"放松点儿。我们现在没在任何楼梯上。"

"我知道那很荒谬。"我告诉她，因为我真的知道这一点，我知道人不能每天都活在等待灾难降临的恐惧之中。如果我们都像那样生活的话，那就一辈子都待着别动了，或是被迫住在那些大型的塑料泡沫中，颠沛流离于街头。但我的思维和大脑就好像是两个独立的体系，彼此对抗，我没办法让它们彼此合作。

里弗斯医生提醒我说，恐惧和理性思维本来就是敌人。然后我们讨论了神经通路和打破固有的思维模式，一些等同于下次见面，我们一起去爬一段楼梯的医学术语。真是有趣的时光。

接着，里弗斯医生安排了下一次的治疗时间。

我建议是周一，下周同一时间。

她则坚持周四，下午。

她喜欢把我们的心理治疗时间稍微打乱一点儿，理由是她想让我们的会面有一定的自发性，这样，我的大脑就没机会把这件事当成是一个例行公事了。然后里弗斯医生下了车。

而我已经在努力思考下周要用什么疾病来当借口好让自己不用出门了。

3

终于到家了，安然无恙。走到门前的五十步不需要太大的努力，是出门使我的世界崩溃，而不是回家。

妈妈走进了厨房。我考虑是否要消失在自己的房间里，进入植物人状态，可是我在月底之前要交科学论文，我不想把事情留到最后一秒、最后一分钟或最后一周。嗯，从现在到那时，任何事情都可能发生。如果电脑和笔记本电脑同时坏了，而修复它们需要很长时间呢？如果我在一个可怕的三明治切片事件中失去了手指怎么办？或者龙卷风穿过我们的房子，带走我们所有的东西呢？你永远不知道下一刻会发生什么。

我偷偷跑去学习，按下计算机上的电源按钮，于是这个"老女人"开始"咳嗽"，并且语无伦次。遗憾的是，长期生病并不意味着可以逃避教育，在过去的四年里，妈妈一直让我在家上学。

说得我好像不喜欢学习一样。我喜欢，我绝对喜欢它，因此真希望我不是这样的。我以前从不这样，这都是恐旷症的卑鄙计划，要让我看起来像地球上最异常的青少年。

我飞快地翻阅论文，主要是因为这台电脑实际上是蒸汽动力的，而且笨拙的按键我每按一次就响一下。这对于我那专心于图案和数字的大脑来说不是好兆头。超强的听力能区分每一个按键声音的细微变化，我变得异常关注于按键声，发现没有两个按键的声音是一样的。突然间，我成了莫扎特，为了把莎士比亚十四行诗改编成曲调，浪费了好几个小时。谢天谢地，这个古怪的行为并不总是存在。它来了又走，就像我大部分的冲动一样，这取决于我的压力、情绪、困倦以及荷尔蒙的分泌有多严重。

打印机吐出我的页面，我抓住它们，将它们堆叠起来，然后放在桌面上，这样它们就可以整齐排列了。我想把它们夹在一起，让它们保持这个样子，但妈妈以往材料充足的工作台上的回形针却失踪了。上周在一次数学测验中，我的思绪开始漫游，无意中把它们都扭曲成了埃菲尔铁塔的形状。艺术不是必修课，但妈妈给了我一个"A"。

我扫视了一下这个书房，不知道她这个星期把文具存放在哪里。可能在这里，可能在她车的后备厢里，还可能在她路易·威登公文包的底部。我伸手去够书桌最上面的抽屉，突然犹豫了。

妈妈是个不爱整洁的人，她的卧室看起来像飓风和旧货商店之间爆发的一场战争。那里有冷掉的咖啡杯，能为整个微生物国家服务；我的蜘蛛侠杯子在两个月又十天前就进去了，自那以后我就再也没见过它。一阵战栗穿透了我，当我的杯子终于出现时，它需要被放在毁灭之山的大火中摧毁。

但那是她的空间。

她抵抗住天生的把东西留在房子其他地方的欲望，然后我们让她的卧室门保持关闭的状态。

这是我们的协议。

"妈妈？"我等了一会儿，当她不回答时，我朝厨房走去，欣赏着洁白的床单和我的在纸上完美的字体。完美是一种感觉，如果你曾经质疑你的书法能力，且即将要在一个新的笔记本的第一页书写，你就会了解这种感觉。

还没走到厨房，我就断断续续地听到妈妈的说话声了。

"你能不能把麦琪……或者实习生……他脸怎么了？"她在打电话，背对着我坐在桌子上。她的话很沉重，似乎忧虑重重。

我马上就开始担心了。因为太担心了，所以我只花了一秒就能想到她在潜在的危险面前是多么脆弱。我走到房间的一半了，她还没有注意到我。

"诺拉现在的情况有点儿棘手，我不确定自己能不能再离开她。"妈妈说。她的肩膀仿佛要沉到地板上。

这是她今年的第三份新工作，找到一个能灵活应付我们处境的老板是很困难的。我很依赖她，而她的工作需要出差。她的雇主一直承诺她可以绕过旅行的部分，可她很擅长销售建筑设备，于是他们最终都改变了主意。

"把它交给我吧。"她说。我选择这一刻坐在她旁边，她应该不会吓一跳，也许她一直都知道我在这里。她挂了电话，避开了我。

"偷偷靠近我？"她笑着说。

"你怎么知道我在这里？"

"你是我的孩子。我总是知道你在哪里。"

她以一种我意想不到的方式镇住了我的大脑，我开始思考这是一种理论的可能性有多大。然后，她把我的沉默误认为是焦虑了。

"我应该申请那个在保龄球馆朝九晚五的工作的。"她用双手揉着脸，拉低了她的脸颊，所以我可以看到她眼睛里粉红潮湿的星星点点，像个覆盆子。

"你热爱你的工作。"

"但我讨厌把你一个人留在这里。"

"我会没事的。"我告诉她。我的手指在腿的一侧发现了一个丘疹，我挑着它直到刺痛为止。

"或许我可以打电话请病假，他们就会找其他人代替我。"她没听我的话，这种情形下她从不。

"妈妈。"

"嗯？"

"我会没事的。"我们切换角色的次数很少，而且时间间隔很久。

"诺拉……"

"妈妈，我只需要食品和杂货，剩下的我可以自己做，我会没事的，我保证。"我尽可能地轻描淡写。我不喜欢独自一人，这是肯定的。首先，它是压倒性的，像试图找到走出森林的路却没有地图一样。当你知道有人在大厅里睡觉的时候，解释各种噪音就会很容易，黑暗也变得不那么严重，然后我就不害怕了。我不知道为什么，在这所房子里，事情总是容易处理得多。另外，我以前也一个人待过，没有什么不好的事情发生。因为我的大脑被占据了很大空间，并一直跟踪和使用这部分空间作为下一次的基准线。里弗斯医生用一系列的科学知识和短语解释了这一点，比如"消除对未知的恐惧"，我敢肯定这是《星际迷航》系列的标题。

4

今天是周日。妈妈从楼梯上急匆匆地下来，身后拖着一个手提箱。它猛地撞在台阶上，砸在她臀部，于是她也砰的一声撞到台阶，与墙撞在一起。整个下楼的过程就像一头大象在高跷上表演优雅的天鹅湖。

作为一个喜欢科幻的迷妹，妈妈几乎总是穿着印有外星人或什么队长的 T 恤。今天也不例外，一些令人毛骨悚然的绿色星际物种在朝我闪烁着和平的信号。挂在妈妈胳膊上的是一个服装袋，里面装着明天会议要用的服装。她在会议上一向保守，她的头发是消防车的颜色，手腕上有一朵百合花刺青。

她终于走下了楼梯。"你确定你不需要帮助吗？"我迟疑了，透过指缝看着意见的双方争斗着。

"我明白了。"她说着，触到了平坦的地面。我呼出一口气，停止咀嚼舌头边上的洞，血的腥味冲击着我的喉咙后部。在她下楼的二十秒钟的时间里，我看着她磕磕绊绊了八次。

"你这里面是什么？"我把目光投向破旧的手提箱，"砖头吗？"

"哈哈哈。"她笑着……这的确很可笑，因为她的手提箱里装满了各种各样的砖块样品和她将要在会议上展示的其他各种建筑材料。"我真不敢相信自己又在对你这么做了。"她说，仿佛一切都是遥远的回忆。

"我很好，我发誓。"我转折了，因为她在自责，我能感觉到。

她的行李战斗要结束了，但她仍然在畏缩。"妈妈，真的，我很好，才两天而已……"

"更少，如果我能迅速抽身的话。"她打断道，并在她的钱包里翻找着什么。她拿出一个粉饼，将粉色的粉末轻拍在她的脸颊。我笑了，回忆起我还上学时的清晨。我们共用浴室的镜子，我梳头发时，她往脸上涂着鲜艳的颜色。

现在妈妈化妆的日子几乎不存在了，从我生病开始她就不打扮了，也没什么事情需要她离开房子的。内疚仿佛成了我肚子里的一种挤压感，让我难受不堪。

她需要这些旅行，这些短暂的时刻，她需要时不时和大人们在一起，去感受社会而不是与世隔绝。我暗暗希望她能走出去，喝醉，无耻地和一些深发色、深色眼眸的拉丁美裔人调情。我看过她工作网站上的员工照片，显然，"建筑"是所有性感帅哥出没的地方。

"好吧。"她啪的一声关上了粉饼盒。酒店，会议中心，会议室，电话亭……

"所有的数字都钉在冰箱上。"

她点点头，嘴角上挂着一点儿幽默的微笑。"我会打来电话……"

"在你上床睡觉之前，我知道这个流程啦。妈，去吧，玩儿得开心，别担心我。另外，你带上那件真丝蓝衬衫了吗？脖子上绑带的那件？"

"这不是那种会议。"

"我只是说，那是件可爱的衬衫。"

"嘘……"她吻了一下我的前额，走出了门。"哦……"她转过身，用手拍着她的额头，"我差点忘了，今晚六点帮手公司会送东西过来。

他们明天没有空。"

"今晚六点，明白了。"我轻敲自己的太阳穴。

"我应该把它写在冰箱上吗？"

"不用了，快去吧。"

当她把自己装进汽车里时，我正站在门口，用脚趾试探着台阶，一点点放下我的脚，仿佛这混凝土是炽热的熔岩。我太专注于把整只脚平放在地上，在这荒野里，我几乎错过了妈妈的离开。她按了按喇叭，我挥手，然后她走了。

我的手指紧紧地插入门框，希望它们不要刺破木头。我终于能做到，一整只脚在我家的前门外面，而我的胸口没有发紧。

台阶已在阴影中，混凝土的寒冷渗入了我的袜子，使我的脚心出了一阵冷汗。这是一种古怪的清新感，就像用冷水泼你的脸一样。我深吸一口气，呼出换气，接着听到一声咳嗽。我瞪大了眼睛，他又来了，隔壁新来的男生。胳膊在一个新箱子的重压下依然鼓鼓的，这次装满了食品和杂货。

他朝我甩着头。

"嗨。"

像兔子听到一声枪响后的反应，我赶紧收回自己的脚，匆匆回到里屋，并把门关好。

就差一点儿，这是我的第一个想法。紧随其后是，什么就差一点儿？愉快的交谈？啊……我靠在门上，然后慢慢滑坐到地板上。我厌恶一个陌生人看到自己疯狂的一面，还不止一次，而是一周内两次。我向内蜷缩着，试图用意念劈开地板，这样我就能钻进去了。

一旦我重组完自己的自尊，生活就会继续向前。

从技术上讲，我不必在周末学习，但无论如何我都要学习。我为了可能永远也无法实现的旅行学着法语。我看了一会儿电视，又吃了些食物，然后建立一个相当令人印象深刻，但相当不稳定的充满唾液和花生酱饼干的城堡。

手机哔哔地响起时，我正在粘贴一个破碎的炮塔。这是来自美俏平台的通知，告诉我有六个人在谈论《梦中跟踪者》，一部据说能让人尿裤子的恐怖电影。

我永远都想在周末避开美俏，但一种病态的好奇心或潜意识里对受虐的渴望，总是能说服我在手机响起时打开应用程序。这就像一首警报器的歌。

我点击按钮，被梅西、克莱奥、莎拉和杰德的自拍轰炸着，他们准备晚上去看电影。他们在一系列充满创意的照片里对着镜头飞吻，然后互相亲吻、拥抱，然后摆造型。

我向下滚动，看到更多以前朋友的化妆自拍，比我上次在现实生活中看到的他们都老多了。这仅仅是四年前的事，但感觉更像四个世纪。青春期啊，真的是终极变身。

我把手放在胸口，因为我的心脏突然感觉有十倍重。我很用力地按，试图阻止它从胸腔里掉出去，啪地撞到地毯上。

我想念有朋友的感觉。但当你的身体正在受到活跃的社交生活冲击时，却要跑去照顾一个禁锢在家里的好友，那么你的身心肯定都会很难受。因此，他们从来没有在我生病时理解过我。

我把手机扔在桌子上，它像一个充满破坏力的球一样砸在我的饼干城堡里，把我精心建造的建筑给彻底毁掉了。

现在才五点，但我已经跋涉穿过厨房，把自己锁在盒子一样的浴室里了。

盒子似的卫生间太小，我甚至不能张开双手旋转一圈。我觉得这是价值最被低估的一个房间，这像是一个事后的想法，在房子建成后加上去的。我喜欢它，因为它让我感觉很舒适。墙壁是亮黄色的，水龙头形状像海豚。另外，我觉得自己很重，现在爬楼梯和我穿着内衣爬珠穆朗玛峰一样吸引人。

我洗了个澡，把衣服放在水槽下面的篮子里，然后没入水中。我睁大眼睛，透过天花板上的乳白色薄雾凝望。水是如此温暖，使我的糊状皮肤变红，可我依然感觉到刺骨的寒冷，冷得我浑身上下起满了鸡皮疙瘩。我的鼻梁里有个哭泣的声音，它刺痛着我，但我待在水下，所以不杀死我它就无法逃脱。

浴缸冷却得很快，我躺在里面直到皮肤觉得太紧了。随后，我非常不情愿地爬了出来。

抑郁是不能进来的，我边想边把镜子前的半杯水倒在镜子上。我已经在精神健康的光谱上覆盖了多种颜色，所以抑郁进不来。

我画的线条滴下并融合在一起。我看着镜子里的自己。"你没有错过太多，"我告诉自己的影子，然后狠狠地打了自己的脸一下，"你很好。"

我把头发搭在肩上，穿上挂在门后的长袍，走到大厅里，边走边吹口哨，因为每个人都知道吹口哨能引起一种无法抑制的谵妄。我应该停止看迪士尼电影。

我走到厨房和大厅之间，一个声音阻挡了我的脚步。

"你好，有人在家吗？"

我的心陷入停顿，我猛地让自己的背贴着门框。

那个大腹便便的叫作恐慌的小鬼爬上了我的喉咙，堵住了我的气管。厨房的冷空气舔着我那太短的袍子覆盖不到的皮肤，但这没有让我降温。火焰烧透了我的血液，恐惧占领了它。

我看不见他，因为我们有一个和土星般大的冰箱，它挡住了我的视线，但我能听到他沉重的双脚贴在地板上。

该死的！我感觉不到双腿了。

"我在找诺拉。"

他是来打劫的。

"诺拉·迪安？"

我要死了。

我的心脏撞击着肋骨，膝盖蜷缩着。我需要帮助，我需要帮助！我需要镇定下来，因为地板在移动，我要崩溃了，崩溃后我的长袍就会打开，然后我会失去毛巾，然后……哦天啊……

"哟，"一个影子移到我的左边，"你是诺拉吗？"

我无法说话，我需要氧气。

"我是帮手公司的，有一份诺拉·迪安小姐的快递，请问是你吗？"

帮手公司，我知道他们。

我颈部的紧张感退去，现在我能抬头看看厨房里的男生了。一个骨瘦如柴的小树枝，剃着光头，穿着破旧的牛仔裤。就在裂口上面，在他的侧面口袋下面大约两厘米处，有三个骷髅补丁，没有特定的规律缝合着，这使我感到更加痛苦。他像嚼着草的牛一样嚼口香糖，泰然自若地看着我。

"你这儿真不错，"他说，"很大。"

现在不是六点。如果是的话，我早就为他做好准备了。

"嘿。你还好吗？"他向我的方向伸出一只胳膊，我避开它，仿佛那是一颗子弹。我对被触碰心存芥蒂。除了妈妈，或者里弗斯医生，其余的我不能接受。

"你在我家干什么？"紧咬着牙关，我怒视着他伸出的手。他把它放回身边。

"我是来这里的帮手员工，"他慢慢地说，"我有诺拉·迪安的包裹。"

"是，我明白了。我想知道的是你为什么在我家里？"

"敲门和无应答程序。我只是遵照规则办事。"他咧嘴一笑。

"什么规则说了你可以闯入别人的房子？"

"我没有闯入。我有一把钥匙。"他从胳膊下掏出一张剪贴板。

"什么？"他在撒谎。

"钥匙。你知道吗，那些金属小东西能打开锁吗？"他从耳朵后面拿出钢笔递给我，"我需要你签字。"

"你怎么会有钥匙？"

"当你选择这项服务时，你必须上交一个。就像我说的，敲门和无应答程序。如果你敲了门，客户没有回答，你就进去，确保他们没有踢倒水桶，或者从梯子上摔下来，把自己弄得不省人事。死亡。这全在条款和细则里写着。"妈妈以前从没对我提起过这件事。我想是可以理解的。不过，看起来我从此会把门闩锁死。

这个帮手公司的家伙越来越不耐烦了。他用钢笔向我晃了第四下。我不能碰它。它被咀嚼过并且满是指纹。这东西需要抗污染的贴纸。反正我现在签不了字。我瞥了一眼炉子上方的钟，时间刚过五点四十五分。当人们改变计划、时间、地点时，它把我的大脑变成了一个从三千米抛下的鸡蛋。他早到了。我还没准备好。没有准备好。为自己辩护的需要压倒一切。

"我本可以在六点钟为你做好准备的。"我告诉他。

"我下次会记住的。"他收回笔，放回纸上前用它作为搔头皮的工作，"请签名。"我发誓我在表面看到了发光的绿色菌斑。

"我想我有钢笔。"我回答，抱着我的躯干冲进厨房找笔。贴在冰箱上的记事本上有一支。必须有。

"你看上去并不像病重。"这个人说着，我用厚厚的黑色墨水写下自己的名字。虚线框不住它。我的指甲找到手腕上的痂然后开始挑破它，他的眼睛游走在我衣着暴露的框架下，萦绕在我的腿上。

"你这样看真是太不妥当了。"我回答，努力地保持着声音的平衡。

我对他的评论并不感到惊讶。这已经不是我第一次听到了。我的意思是，我有一米六七高，相当高，我妈妈会说瘦得像根耙子。社会习俗决定我否认自己的漂亮，但我……很漂亮。这是我唯一能让自己感觉正常的东西之一。当然，我接受这种偏见是不正常的。我应该假装从来没注意过自己的脸。我在美俏上总看见这样的事，一个人告诉别人他们很漂亮，他们否认所有的知识，反驳赞美的话，但是我从来没有这样做过。这是我的，我唯一喜欢的东西之一。我值得拥有它。在我放弃之前，社会习俗将不得不把它从我冰冷的手上撬开。

事实是，帮手公司名单上的客户一般都在六十岁以上。大多数人正在接受一些非常激烈的治疗。至于生病的样子，人们一般认为我没有。我有里弗斯医生称之为无形的疾病。

"比正常人急躁得多。"那个帮手公司的家伙告诉我。我靠着柜面站稳脚跟，尽可能缓慢地移动，仿佛他是狮子，而我是羔羊。我不知该如何回答，所以我什么也没说。他似乎不介意。"很酷的照片。"他朝着房间另一边墙上挂着的两幅新艺术图案的方向点头。

"谢谢。"我尽量不敌对。这很难。他的个人评论仍在流传，我的脑海里开始问一些我无法回答的问题。

"你画的吗？"他问。

"不是。"图片是原版，是艺术家本人在我祖母去世前的圣诞节赠予她的。艺术家名叫弗兰兹·慕托，他还没什么名气，但他希望自己死后第二天能出名，我的老祖母曾经常谈论弗兰兹。我知道我可以详细阐述自己的尖锐反应，告诉帮手公司的家伙关于这些特殊艺术品的六个故事，但是我的大脑太忙了，想弄清楚他还待在这里干什么。我琢磨着——他是在等着我给他小费。想算一下多少钱？考虑到如果他不是在等小费，会不会觉得被冒犯。"好吧。不管怎样，聊得愉快。"他朝我转了转眼睛，"我会自己出去。"帮手员工甩了一下他的眉毛，随后离开了。

等等。

我的眼睛像乒乓球一样在房间里来回飞奔。

等等。

台面：干净。

厨房岛：干净。

地板：干净。

我的食品杂货在哪里？

"等一等！"

恐慌使我到前门的冲刺变成了一个纠结的瘦长四肢的蹒跚。我把皮肤挪到椅子上，把脚趾从滑板般的地板上拔起。

唉，这全是徒劳的。我及时把门打开，看到帮手公司员工把卡车停在路边。杂货店的袋子在我的房子一边排成一排，在我的外围作了短暂的露面。"等一下！"我尖叫着，但我的声音被他的立体声音响传出来的摇滚音乐给淹没了，然后他就消失在路的尽头拐角处。

跑了。

"等等。"我低声对风说。

5

你可能会认为在我生活一团糟的时候，有人送来了接下来几天内必不可少的食品杂物，我那使人慢慢衰弱的恐旷症自然会在生存本能面前主动退居二线。然而你错了。

我拿起电话，咬紧牙关（我都惊讶于自己的牙齿竟然没有粉碎），用力、快速地按下援助之手的号码。当时是六点零五分，周日他们六点就下班了，所以我知道不会有人接电话的，但我还是打了，因为我的思维已经被巨大的、坚不可摧的恐惧占据了，已经没有常识的栖息之地了。我用一根手指戳自己的大腿，并用指甲使劲抓，直到感觉到刺痛为止。

电话响了两声，然后是故作温柔的、自动的语音提示，说对不起并告诉我应该在明早七点再打来。我摔下电话，茶几上插有鲜花的花瓶跟着颤动了几下，但我不得不再次拿起电话，常识依旧在开小差。

六个月前第一次治疗结束后，里弗斯医生给了我她的电话号码，以免出现紧急情况。但我从未拨打过，主要是因为我难以界定普通情况和紧急情况。

我的拇指在按键 2（我们把里弗斯医生设为了快速拨号联系人）上方徘徊。

房间里很快就会没有食物了，而妈妈要等到周二才能回来，加之上周某天晚上的下半夜有几个垃圾桶被损毁了，导致全县都发出了有熊出没的警告。预防起见，我们已将垃圾装在了两层垃圾袋中。而那些食物放在那里，在太阳的暴晒下，基本上可以算作是在向熊发出邀请了。所以，这应该算是紧急情况了吧。没错，它就是紧急情况。

于是我按下按键，听到的却是语音留言。

该死！我又一次摔下电话，并骂它怎么就摔不坏呢。

然后我开始在门厅来来回回地走，不停地撕指甲，嘴里也被自己咬出了更多的破洞。

踱来踱去，不停地咬，踱来踱去，不停地咬。

突然间我停了下来，偷偷看了一眼窗外，看了看放着三个棕色纸袋子的露台。依旧是热浪滚滚，一包午餐肉已经开始"冒汗"了，一盒鸡蛋也肯定快被煎熟了。即便是傍晚，加利福尼亚州的太阳也是酷热难挡的。

空气中弥漫着各种食物的香味，召唤着饥肠辘辘的棕熊们。

我必须把这些食物拿回来。

我走到亚麻布壁橱。我需要衣服，或一些更长的东西，能盖住我腿的东西，能遮掩我的东西，能把我隐藏起来，让我感到不那么暴露的东西。我抓起我找到的第一件羊毛衣，把它拉过头顶，它一路下滑过我的膝盖，简直完美，于是我在它的温暖中颤抖。

总的来说，"想象你的观众只穿着内衣"这种做法是很有帮助的。它使演讲者，即衣服的拥有者，感觉自己是房间里最强壮的人，因为暴露皮肤会带来不安全感。

这件毛衣是妈妈留着方便洗衣日和懒散日穿的年代久远的编织

物，穿着它的感觉就像铁屑划破了我的皮肤，衣服前面绣着两个巨大的闪烁着连环杀手笑容的泰迪熊。

我从壁橱里拿起扫帚，转身朝门口走去。

像钓鱼一样，我跪在地板上，把扫帚伸到袋子上。只不过，我从来没有钓过鱼，所以我不知道那到底是什么样子的。

很难，如果一直这样的话。我趴在屋子的地板上，操纵着扫帚，这样一来就只有我的手臂暴露在新鲜空气中。想要把扫帚头挂在袋子上很困难，当我真的勾住一个时，才发现这个袋子太沉了，我根本拖不动。

我第一万分之一次的失手后，扫帚掉落到了地上。我看着令我绝望的杂货袋，嘴巴里发出了呜咽声。

"你需要帮忙吗？"一双穿着钢质鞋头靴子的脚只迈了三步就走到了走廊上。

三步。

这个数字对于我来说很别扭。他的后腿向后倾斜，我希望他能把它放到前面来，然后走出偶数的第四步。

我的眼睛抽搐着。

"我能帮忙吗？"我无法抬头看谁在跟我说话，因为焦虑使我的下巴就像钉在了自己的胸口上一样，但当我向左转动眼睛时，我可以在窗户上看见他的倒影，是隔壁新来的男生。他有酒窝，一头蓬乱的黑发在他的左眼上随意地散落着。

他的双脚并拢了，四步，我的注意力自由了，狂野得像一匹刚放生的马。

"不，不，谢谢。"在这种情景下，这可能是我说过的最愚蠢的话。"我的意思是……"我做了一个深呼吸，"我的意思是……"我是什么意思来着？我脸红了，就好像把我的脸浸在一束阳光里待了好久一样。

再深呼吸一次，我站了起来，后退，把自己稳定在门框上。我抻直毛衣，把它拉低，试图盖住脚面以上的所有东西。我拥抱着的躯干不足以隐藏这两个巨大的泰迪熊。

我能感觉到他的目光注视着我，可能是对我的服装好奇，但肯定会疑惑我为什么要在前门廊上拿杂货袋。

"请把那些袋子递给我好吗？"我和脚趾说话，突然祈祷昨晚要是按计划涂了指甲就好了。

"当然。"他说。我抬起眼睛，发现他的牛仔裤在膝盖处撕裂，还有一条有超人扣的皮带。我的嘴唇微微地笑了一下，超人是我最喜欢的超级英雄。

"你需要我把它们搬进去吗？"

"不用了。"我从他手里抓过袋子，紧紧地抱在胸前。一股释然的海浪冲刷着我，我感到肩膀松了下来。

"谢谢你，真的，谢谢你。"我知道我的语气里包含了太多的感谢，但我无法控制。

"别担心。"他回答说。如果他有疑虑，他不会开口问，至少不会大声说出来。

仿佛有一千年的沉默从我们之间穿过，嘴里都快要长草了。我的手指找到了其中一个袋子的接缝，然后挑了起来。

"不管怎样，"他清了清嗓子，"我们刚搬到隔壁，妈妈坚持要我过来打个招呼，向你保证我不会开摩托车或者打鼓，诸如此类的事情。"我喜欢他的笑声。"你知道父母们都是怎样的。"

"是啊，父母嘛，我知道的。"我也挤出一个笑容，它就像鼻息一样出来。我从未感觉自己如此像外星人，头发还因淋浴而湿着，脸色苍白，深色眼眸，耸着肩膀，双腿向内弯曲。我希望他能离开，因为我的心老是跳错节拍。

"我是卢克。"他伸出手，看见我把棕色袋子裹紧后又缩了回去。他的中指上有一枚银戒指，我的眼睛像磁铁一样被它所吸引。它太花哨了，很厚，加上大大的径圈，它可能是一个足球圈。这不禁使人困惑，因为他看起来太斯文了而不像大学运动员。

随后我迷失了。我疯狂的大脑忘记了他就在我面前，开始思考斯文与运动能否共存于同一具躯壳里，然后我感觉自己的脸皱了起来。

"你没事吧？"

我在脑海里给了自己一巴掌，然后清了清嗓子，决定拒绝把他分类。

"很高兴见到你，卢克。"

"我也很高兴见到你……"他停顿了一下。在漫长的时间里，再没有什么事情发生过，直到我意识到我错过了最基本的社交暗示。和男孩子交谈比在电视上看起来要难得多。

"诺拉，"当我终于想明白时，我说道，"我的名字叫诺拉。"

"好吧，诺拉，我来这里是为了保证我不打鼓或做一些其他能打扰到你们的事。"

"其实我希望你能容忍我打鼓，虽然很大声，但主要是在周日早上，其他时间不会的。"

"你打鼓吗？"

"不。"我笑了，我不知道他是否在微笑，但我有点儿希望他是。

"你真有趣。"

"既好也不好。"我说完这句话后，确定听到他笑了。

"那么，以后再见咯，邻居。"

他转身离开了，而我则回到了房子给我提供的安全里。

"哇！"我长呼一口气。

有些温暖的东西在我的肚子像矿泉水一样回荡，我透过窗户看着他顺着我家的车道离去。

6

食品杂物袋的破裂以及过多的人际交往耗尽了我所有的能量，于是我把掏空了的身体拖到床上。我倒在床垫上，它像一朵棉花云一样吞噬了我。

看着重播的肥皂剧，时间过得飞快。我睡不着，哦，不对，如果只是睡不着的话那就简单多了。

相反，我的大脑变成了一锅粥。眼睛盲目地随电视屏幕里的人物移动着，然后他们变得越来越模糊，最终变成了色泽鲜艳的斑点。

月亮落入地平线，太阳在天空升起。

手机响起时，我正看着透过窗帘裂缝射进来的明亮光线。定睛一看，老妈的名字在屏幕上闪烁着，此刻是早晨六点。

"诺拉，亲爱的？"老妈柔软而甜美的声音从电话的另一头传过来。虽然几乎意识不到，但我的大脑总是高速运转着，所以我能够捕捉到平静语气之下隐藏的微弱的哭声。

出事儿了！这语气和我二年级上学第一天回来她告诉我，桑普，我可怜的宠物兔猝死了时一模一样。

"妈，怎么了？"

"你有睡着吗？"她试图用闲聊掩盖。一定是了，所有的迹象都已经指向悲剧。

"没有，你呢？"

"睡了一会儿。"

我在脑海里数着接下来十五秒的沉默。

"妈妈，有什么事儿吗？"

"我希望你别被吓坏了。"她说。我的心立刻提了起来，如同百万伏的电压击打在我身上。我坐直了身体，空闲的手抓紧了床单。在压力的推动下，抽搐的声音升至胸腔，接着从嘴里跌落，我呻吟得像弗兰肯斯坦的怪物。

"嘿，加油。"妈妈说，她曾经如铜铃般轻快的声音现在如钢铁般坚定，"深呼吸一下，否则你会昏倒的。"

"告诉我发生了什么事。"

"记得思考问题的角度吗？你现在还在跟我说话，所以事情不是那么糟糕，对吗？"她说。

"妈。"

"一切都好，宝贝，我保证。"

"妈妈！"

"出了个小车祸。"

我的意识变成了在灾难电影中看到的那种巨大的海浪，然后狠狠地砸在岩石上。

"诺拉，听我说。"

我做不到。

她在说着，但我却只能听到刹车声和金属摩擦的声音。"你……"在她痛骂着那个司机闯红灯后直冲向她那辆过时了的福特卡普里的侧面时，我打断了她。"你还好吗？"

我踉跄地下了床，像被困在龙卷风的中间，旋转着。我试图找到一杯水，试图找到一个纸袋，试图找到我的轴承，我敢肯定它在我的体外，在房间某处飕飕作响。

"只是一些刮伤，医生把我照顾得很好。"

"你人在医院？"

这很糟糕，医院是给病人用的，这太糟糕了。

我的大脑关机了，运动功能彻底停摆。然后我双腿一软，膝盖撞到了地板上。

"诺拉，诺拉！那是什么声音？跟我说话！"

我沿着地毯爬行，气喘吁吁，大汗淋漓，像恐怖电影中试图逃离精神病人的女生一样。我挤进床和梳妆台之间的小空间，蜷缩起来，把头放在腿上，并尝试放缓我的呼吸。我的手指摸到膝盖上一个快剥落的旧痂，抠着，直到它流血。我需要这种刺痛感把我带回现实，强迫自己去感受，但事与愿违。

"亲爱的，听我说，我很好，我很好！"

我难以想象"我很好"意味着什么，我只知道医院是为病人服务的。

"妈。"我呜咽着说。泪水滑落到嘴唇上，每当我呼出一口气，泪水都会溅开。

"我骗过你吗？"她问。

我没回答，她试图用事实推翻我的焦虑。

"诺拉，我、有、骗、过、你、吗？回答我。"她一字一顿地问，语气严肃且沉重。

"没有。"我必须听进去，毕竟事已至此。这是个不容忽视的备用逻辑思路。有时候我会把大脑想象成一个竞技场，里面有一个机器人，四处践踏着，看起来高大威猛，能抵御任何试图入侵它领地的逻辑。但是，常识一次又一次地偷偷溜进来，它同样是一个机器人，带着一把披荆斩棘的刀。

"相信我，好吗？没什么大不了的。"老妈说着，过度地强调每一个字，"我很好，你很好，我们都很好，跟着我说。"她又开始说着令人安心的保证，但我的嘴巴还没准备好说任何话。

在我找到自己的声音和她一起说之前，她已经吟诵了三遍。我用手掌敲了一下头，试图粘住这些话。

"我很好，你很好，我们都很好。"我的声音听起来像已经酗酒一周了。

"宝贝，一切都会好起来的，我很快就回家了。医生们只是想让我在这儿待几天，最多一个星期。"一个小车祸？一个小车祸医生才不会让你住院一周呢。我的祖母心脏病发作，他们也只是让她待了六天就出院了。一定还有什么事瞒着我。

"你伤得严重吗？你可以跟我说实话，我能承受。"我撒谎道。

"没有，宝贝，我保证，他们只是很尽责，可能想从我的保险里获利。"她撒谎！她不会告诉我他们为什么要让她住这么久的院，她在保护我，我可能永远不会知道她到底受了多重的伤。尽管我百分百肯定从长远来看这会拯救我的理智，但此刻却把我送进了另一个漩涡。

我呼吸困难，不能这样。

我畏缩着降低身体，背靠着抽屉，把双膝置于胸前，然后紧紧地抱住它们。我喜欢背抵坚实木头的感觉，也喜欢压低在地板上时那种渺小的感觉。

"诺拉！"她厉声说，感觉像一记尖锐的耳光，"听我说，我们不会被这个吓坏，对吧？"我点头。毫无意义，因为她看不见我。"我在这里很安全。如往常一样，你在那边也很安全。你不必离开房子，不必做任何事情。只要坐下来，想象着这次的会议要比预期的长一点点。来，对我说一遍，你没事的。"

妈妈在听到我声音中带着坚定前是不会挂电话的，我还没自私到不能假装镇定。我得按照她说的做，好让她回到病床上，她累了。而且，我能分辨出有一个低沉的声音开始打断她的话了，那一定是医生的声音。

"里弗斯医生今天会过来，这样行吗？"她说，"只是为了确保你没事。你不是一个人，诺拉。我们不会丢下你一个人的，好吗？"我哼了一声，让她知道我正在听着，但实话实说，我听不懂她说的任何一个字。她告诉我她爱我，以及我们下次再聊。

手机归于死寂，我陷入沉默。太安静了，以至于我听不见任何声音，就如同沉入了海底一样。

我不好，不管我告诉自己多少次我没事，可我一点都不好。我的常识机器人已经进行了一场动人心魄的大战，它败了，在竞技场上碎了一地。

我要关机了，嘴巴已失去知觉，黑色的冰霜在我的视线边缘蔓延开来。

1

等恐慌发作完，苔藓已经爬上了我的皮肤。

我不得不起床。

我动不了，再加上残留的震颤不停地抖动着我的肌肉，但是，是时候站起来重新控制我的四肢了。我需要个背景乐，在世界上最小的小提琴上演奏滑稽的序曲，在我强迫咔嗒作响的膝盖站起来承重时演奏。这就好比在流感爆发后找回了你的力量。我蹒跚地穿过卧室，扶着我所经过的一切东西，试图走到厨房，因为那里的温度要低一两度，或者至少我可以爬进巨大的冰箱里，让自己凉下来。

只不过当我走到厨房时，那里没有流通的空气，我仍旧觉得自己被塞进了橱柜里。所以我继续迫使双腿向前走，直到来到前门。

我提起门闩，转动钥匙，滑动螺栓，保障我的安全的两把锁仿佛变成了二十把。太多的咔嗒声，咔嗒、咔嗒、咔嗒，烦得我想抓掉自己的头皮。

最后砰的一声，我拉开了门。空气像冷水一样拍打在我身上，整个身体都随之叹了口气，我敢说小镇的另一边都能听到。紧张感正从我身上消退，仿佛你在艰难的一天结束之后爬进热水浴盆一样。

我从来都想不通，我是怎样地在渴望新鲜的空气的同时又如此惧怕它。里弗斯医生告诉我这本来就没道理的。她说，她以前的医院进行过一项研究，结果显示，相较于死亡，更多的人惧怕公开演讲。想象一下，一群受过良好教育的人认为，大声说话十分钟比永久沉睡更可怕。大脑根本就是一个邪恶的独裁者。

"早上好。"

我沉湎于思考中，以至于没有看到他。我的骨头从身体里跃起，我撑着身子，抬起肩膀，躬着背像一只受了惊吓的猫，即将发出嘶嘶声。新来的男生肩上挎着背包，正漫步在他的车道上。

该死，他为什么总是在外面？我们从没见过之前住在26号的居民，老妈经常调侃说他们是吸血鬼。当然了，在我的大脑变得扭曲后，她那活死人的玩笑也就没那么好笑了。但隔壁新来的男孩，卢克，就像一个不讨喜的亲戚，总是出现在最不合时宜的时刻。我怀念那些可以安心地任由恐慌发作的日子。他对我笑了，于是我忘了自己为何感到沮丧。他的笑容让夏天显得微不足道，我忍不住盯着他看。

"最近怎么样？"

"还好。"我的声音很小，吱吱作响，听起来像一只老鼠。

"你出发去学校吗？"

我点点头，撒了个谎。一个自发的、防御性的动作，由常年说"不"后到处找借口演变而来。

"你在哪儿上学？"

啊，这就复杂了。谎言的麻烦就在于它们总是喜欢成群结队地出现。

某些无聊综艺节目的倒计时声开始在我的耳朵里滴答滴答地响起。我们区有两所学校，一个是城市北边的卡蒂诺，另一个是南边的费尔菲尔德。我们处在中间，他有可能去其中任意一所。

"卡蒂诺。"我说道，手指握成了拳头。实际上我在那儿做过几周的学生，他们确实说过我准备好了就可以回去，所以这也不完全是谎言。另外，费尔菲尔德在高中足球方面挺厉害的，而他戴着那枚戒指。

"很好，能在大厅附近看到我认识的人真好。"

惨了。

"送你一程？"金色阳光如瀑布般倾泻在他身上，模糊了他的脸庞。

"我今天不去学校。"谈话从未如此像机关枪响一样接连不断，我假装咳了一声，深呼吸一口，把自己置于令人怜悯的音节之下，"病假，咳、咳、咳。"为了配合自己的谎言，我还像模像样地多咳嗽了几下。

"抱歉，那太糟糕了。"

"只是个感冒。"我满不在乎地挥了挥手，"死不了。"

他打开一辆闪闪发光的黑色小卡车的乘客门，将行李扔在前座上。我回头看了一眼，想着是否该回里屋去了，因为我们的谈话已经结束了。可当我回头看时，他走到了我们房子间的树篱边上。

"那么，你有什么看法，邻居？他们会在那边生吃了我吗？"他微笑着，但是我那蜘蛛侠般的敏锐意识感到了刺痛，我以为他真的在担心那些。

他穿着一件变形金刚 T 恤和昨天那件磨破了的牛仔裤，戒指不见了，手腕上缠着黑色的编织绳。

我想也许女孩们会为他写诗，用墨水在手背上纹他的名字并用红心圈住。至少，我会这么做。我不了解男生，自从雄性激素征服了他们纤细的身体并将他们塑造成了男人之后，我身边就没有什么男生了。电视让我相信，新来的孩子上学第一天总是会被欺负的，而他的处理方式将决定他往后的校园生活。或者这也是入狱第一天会发生的事吧？

我完全忘记我们在谈论什么了。

"哼。"他摸着下巴。之后是沉默，长时间的沉默可不是好事。

我觉得应该说些什么让新朋友不觉得尴尬，好吧，确切地说，不是"朋友"，至少现在还不是。我想知道他是否认为我们是，大概在这之后就不是了，除非……

又开始胡思乱想了。

"不，才不是。"我反驳，并希望在他得出我很无知的结论之前我能解释一句，因为我希望他认为我是正常的，"每个人都很友好，而且你的变形金刚 T 恤非常酷。"

"有意思。"他眯着眼看我说。

"什么有意思？"

"来自一位穿着巨型泰迪熊毛衣在门廊钓杂货的女孩的时尚建议。"

如坐针毡，浑身炽热，我手指扭作一团，能感觉到脚踝上的耻辱呈螺旋陡峭式上升。

"我得走了。"

"等等，诺拉，这是一个玩笑。"在我关上前门时，我听到他说。

我要溶化了，感觉自己被审判了，仿佛穿着一件写着"我是怪人"的 T 恤，更糟糕的是我认为自己说错了话。这就是我的美俏主页几周没更新的原因，因为我感到尴尬，而尴尬的人总是说错话，所以我总是看起来很愚蠢。

而更可怕的是，只有躲回家的时候，我才意识到自己的蠢可能又加重了。

前额靠在门上，我盯着卷曲的脚趾，期待自己刚刚表现正常。一张折纸穿过邮槽，飞落到地板上。我把耳朵贴在木门上听外面的声音，但什么都没听见。

我蹲下来，盯着纸片看了很久，仿佛这是路上的动物，我正试图判断它是否还活着。没有信封，仅是一片折成方形的黄叶。我伸出手，没把它拿起来，而是用手指尖就地把它打开。

邻居：

　　我听说你很会开玩笑，有空可以教教我吗？

　　附：你喜欢《变形金刚》电影吗？

　　再附：我最喜欢的是第一部。

卢克

等一下，我的耳朵里充满了劳损过度的齿轮的声音。在过去的六十秒里，我已经起了鸡皮疙瘩，内心畏缩着，以为他会笑话我并在我的名字前面加个疯狂一类的词。

我一屁股坐下，脊椎撞在散热器上，却不觉得疼，因为我急于想知道为什么他会伸出双手，而不是在我们之间建立障碍。我很欣赏他的书法，他的笔画很直，即使在空白纸张上，他所有的字母大小也几乎全部一致。

这天剩下的时光，我照往常一样过着：用各种食材烹饪，看看电视，阅读书籍，摆正我收藏的 DVD 们歪歪斜斜的角，我还学了如何用法语点三明治。只不过，在做事的整个过程中，我的脑袋变得模糊，被摸不着的东西分散着注意力。好像忘记了一些要做的事情，却怎么也想不起来。我考虑上网搜索这些症状，但上一次搜索被诊断为脑瘤的经历我仍记忆犹新，所以还是不要了。毕竟如果有流血或头晕的症状，互联网就会诊断成癌症。

是荷尔蒙。

荷尔蒙使人窒息。我知道，因为当我最后坐下来并打开笔记本电脑时，我没有研究医学杂志或者查看我的美俏。相反地，我用谷歌搜索了"接吻"。

起初，这是件可爱的事。我看着黑白胶片影像中，情侣们穿着条纹毛衣在秋天的背景下拥抱，相互蹭着鼻子。他们紧紧地抱住彼此像末日来临一样亲吻着，但这刺痛了我的心。

我还从未吻过任何一个男生。

从包里拿出消毒剂给双手杀菌，如此我便可以一边看着一边用手指触摸嘴唇了。

我从未如此想要亲吻一个男生。

在我十三岁时，接吻这件事在我的认知里还不是个问题，但那个年纪的我还没有思考过这件事。那时的我还忙于斗宠物小精灵，忙于阅读哈利·波特。然而，在想要接吻的念头产生之前，我就病了。如今一想到有人用我不确定是否清洗过的手来碰触我，那么对于我来说就会像空难一样可怕。虽然不确定有多少，但我敢肯定世界上只有少数人能够理解这种感觉。

我舔了舔嘴唇，将下巴靠在手上。

我已经不再望眼欲穿地叹息，幻想着亲近时刻了，因为身怀浪漫主义的我已在强迫症手里缓慢而痛苦地死去。

手指敲击键盘，我开始探究，俨然一位入迷的科学家。一瞬间，我唯一想了解的是接吻时唾液中含有多少细菌。

我搜出了一组显微镜下培养皿的照片，发现存于舌头之下的粉红色毛绒生物的微观芽，以及蜿蜒在你扁桃体周围肉眼不可见的白色黏性物质。

我双手发热，掌心汗流成河。

当读到数以百万计的微生物以及肉眼不可见的小东西随时都可能出现在人们的口腔中时，我坐立难安。

游戏结束。

我砰的一声关上笔记本电脑。

我恐怕得接受自己永不亲吻任何人的事实了，对，永不。

8

五点了，敲门声响起时，我正把手伸进冰箱里取一块奶酪。

隐身模式开启，我放弃制作本该是世上最完美的三明治，蹑手蹑脚地爬上大厅，紧盯着大门，仿佛门外的人会突然破门而入。

我和门就这样相互瞪着，气氛紧张得就差一个邪恶的警长叼着火柴躲在阴影里了。

又一下敲门声，我睁大了眼睛，然后往手里挤了一泵消毒液，并涂抹均匀。我敢肯定任何入室抢劫者，在礼貌到事先敲门之后，都会梦寐以求一个干净的受害者。我眼睛翻得太厉害了，就差没从脑袋里掉出来。

"诺拉，我是里弗斯医生。"

把肩膀从耳边放下，我长吁了一口气。"稍等。"我冲刺过去打开了门。

里弗斯医生站在门廊上，尽管气温很高，她还是穿了一套剪裁完美的花呢套装。

"你还好吗？"她说，并微笑地看着我，好像我是一只被遗弃的小猫咪。我努力克制着不让自己抱着她像孩子一样号啕大哭。

"我很好。"我的头点得太用力了，可我停不下来。"真的很好，事实上，特别好。"我补充道。

她眯起眼睛，我的谎言是玻璃做的，她一眼就看穿了。

"我的意思是，一开始我是有点……"我捻手指放在太阳穴周围，发出很轻的咕咕声，因为我永远为自己的崩溃而感到尴尬。"但我现在感觉好多了，要喝点什么吗？"我说着便回到了大厅，使得她能跟我走进里屋。

"我不能待太久。"她说道，这个消息就像有个气球在我身后炸裂，或者指甲挠着黑板。我咬紧牙关，赶紧闪躲。期待她在这里过夜是不公平的，毕竟她有家要回。我们从来没有谈论过她的私生活，但我发现她有个正上中学的儿子。尽管如此，我还是希望她能待久一点，不用开口说话，只要像老妈一样穿着睡衣坐在椅子上玩拼图就行。这间房子太寂静了，寂静得就像一只以沉默为食的怪兽。每当我独自一人的时候，房子看起来就会更大一些。

"可是，"她补充道，"我就在电话的另一头，你还有我之前给你的那个号码吗？"

我没有吐出"你不接电话的话就没多大意思了"的评论，尽管它呼之欲出。在被迫忍受我所畏惧的事情时，我有时会变得刻薄，这是我最不喜欢的焦虑阶段。之前妈妈第一次试图把我拉出家门时，我跟她说我恨她。

"你确定不要喝点什么吗？"

"诺拉。"

我不听她说什么，径直走向冰箱，拉开了冰箱门。

"我们有百事可乐，橙汁，或者我可以冲杯咖啡？"我指着厨房柜台上银色的小号咖啡机。光滑镀铬的机身表面蒙了一层细腻的灰尘，买回来的四年里我们就用过两次，因为妈妈喜欢花茶。

"诺拉，我不能待太久。"她又露出那种同情的微笑，"你听我说，我周三早上有空……"

"周三？"离周三还有差不多两天时间，这意味着我要熬过一整个周二。

"我也可以明天给你打电话，但我一整天都排满了病人，或许我可以让一个同事……"

"不！"我大喊。话音刚落的同时我突然打了个喷嚏。"我是说，不用，谢谢。"我不想为难她，可如果是我不认识的人，我是不会开门的。"我妈妈跟你说她什么时候回家了吗？"我又忍不住开始偏执了，不是说老妈刻意对我撒谎，但她可能自以为在保护我而没全部说实话。

"说是可能要几天后，也许一周，她自己没告诉你吗？"被发现了。这个女人看穿我的心理活动容易得就像神探夏洛克侦破烧脑的谋杀案一样。

"她说过，我只是……我记不清她说什么了。"突然觉得自己很无耻。

"诺拉，她没有隐瞒任何事，她告诉我她不会那样做的。"

我不得不咬紧嘴唇以防它向下咧开，让自己尽可能平静地开口道："我只是好希望她能在家。"

"那是当然，这很正常，任何人都会这么想。"

我点点头，有点儿聊不下去了。里弗斯医生漫无目的地环顾四周，目光落在隔壁男生塞进来的纸条后看向我，我并不打算告诉她。

我感到脸上火辣辣的，于是将目光转向冰箱里的东西。

"我能拨打你之前给我的那个号码吗？"

"当然。"

"即使半夜也没关系吗？"我调整了下冰箱里那箱橙子，让标签居中向外。

"随时都可以，我是说真的。"

"谢谢，谢谢你过来看我，我真的很感激。"

"所以，一起喝咖啡？就定周三大清早好不好？"我把她送到门口时她说。

"我意思是，我还要查一下行程表，但我应该能腾出些时间给你。"我戏弄她说。她怀疑地挑了挑眉，笑着离开了。

七点左右天开始黑了，我打开了房子里所有的灯，从外面看起来像是我把太阳藏家里头了。住在街对面的前卫的特里普夫妇明早可能要往我家门缝里多塞点"拯救环境"的宣传单了。别误会，我非常注意自己的碳排放，但是我看了太多的恐怖片，知道当我独自在家的时候，开着灯的话有百分之九十八的概率我不会死。

老妈快八点时才打来电话，我们在电话上聊了一个多小时。她一直问我有没有好好吃饭，然后开始鼓励我吃在抽屉里放了六个月的抗焦虑药。

她说："这是一个绝佳的机会，你只要吃一颗，然后躺在沙发上让自己沉入梦乡。"

我一直对口服能调整心理的药物有抵触情绪。

药碰到我舌头时我快窒息了，它像裹了一层强力胶一样，它滑不下去。我不认为医生会试图控制我的大脑或任何东西，而且我也不是个认为"是药三分毒"而只希望采用纯天然疗法的人，但草本药片我依然吞不下去。是那种我必须交出控制权的念头令我觉得它们难以下咽，我满脑子都在顾虑如果这些药片让我在半梦半醒时出什么乱子该怎么办。如果僵尸末日到来了，你知道谁最先死吗？是躺在沙发上药劲儿还没散，跑不动的人。

　　妈妈开始打哈欠了，跟她道完晚安，我拿着毯子，一头扎进沙发里，盯着拼接扶手椅旁边的盒子，里面有一对做缝纫用的剪刀。如果有人入室抢劫，这些就是我能用得上的武器。沉迷于这个想法里，我将咖啡桌拉近了五厘米，这样它就不会挡在中间阻碍我。我妈也许会问如果这样我就觉得更安全的话，为什么不把剪刀拉近一点儿。我会告诉她，我做不到，因为准备过度的话，感觉就像在挑战命运。

　　我得睡了，我得停止思考了，哪怕就一秒也好。

9

我在电视机待机屏发出的冷冷的蓝光里醒过来，起初我以为是它吵醒了我。它嘟嘟地响着，而我是那种蝴蝶拍拍翅膀都能吓得跳起来的女生。随后我听见一个声音。

有人在喊："你只会考虑自己！"

我瞪大了眼睛看着那对缝纫剪刀，其实那个声音很明显是从外面传来的。从睡美人变成忍者用时不超过五秒，我坐了起来跳到沙发后面，像子弹一样窜到前门。

我知道门是锁着的，天黑之前我检查了四次，但我的手指还是摸了摸螺栓，并推了下。螺栓已经不能再往里推了，除非锁片碎了撞向墙壁，但我还是推了两下。

"三年了，已经三年了。"声音不断重复着。他两句两句地说，第一句轻，第二句重。"三年，已经三年了。"

轻，重，停。

是卢克的声音。我没有听见其他人说或回应的声音，好奇心驱使我踮起脚尖走到门廊的窗户边，小心翼翼地透过窗帘空隙偷偷往外看。

一盏监控灯照在卢克身上，他边打电话边在车道上徘徊。一看见他，我就缩回来了，因为他没穿上衣。裸露的躯干上布满了紧实的肌肉，下半身只穿了条格子睡裤，他就像从杂志里走出来的一样。我脸颊发烫，就像刚在满屋人面面绊倒了似的。问题是，尽管极度害羞的我已脸颊通红，我还是忍不住想继续看，而我也确实这么做了。

这一次，他背对着我，顺着车道走着。为了尽可能地靠近玻璃，我顾不上掩饰自己了。

轻，重，停。

他提高音量，露出了完美的方形肩胛骨，我的心提了起来。

轻，重，停。

他长叹了一声，树都要被吹倒了。有什么事情让他崩溃了，他摇了摇头，揪着一缕头发，下巴紧绷。

"我现在做不到。"说完他挂断电话，拇指掐进了键盘里。

过了很久，他还是纹丝不动，就在车道的尽头呆站着，双臂垂坠，双眼盯着地面，我以为他变成化石了。

我手指发痒，真希望我可以伸出双手，放在他肩膀，问他还好吗。作为习惯性担心一切的副作用，我每周都要为不关己的事至少哭一次。

时间一分一秒地过去，我的腿都累了，于是我顾不上遮掩，在窗台上坐了下来。当然了，当他终于转身准备回家时，他第一个看到的就是我那副趴在宠物店窗口看狗狗似的表情。他直直地看着我，令我不得不瞬间忍者附体，跌落在地。我的身体重重地砸在复合板上，明天准会瘀青。

伴随着耳腔中沉重的心跳声，我蹲下身子，尽可能地贴着墙壁，希望他不会认为我在偷看。好吧，我确实是偷看了一些，但除去一点点好奇心，我最主要的是担心。天啊，希望他不会认为我是因为他裸着身子而坐在那里偷看。

脉搏狂跳的几分钟里，我思绪万千。他会怎么想呢？隔壁怪异的女孩，像朵花儿一样端坐在窗前看着自己。我需要解释一下，我那时只是担心，然后立马人间蒸发，可这两样我都做不到。

于是我等着。我蜷缩在大厅地板的一团怯懦之气中，似乎等了有一辈子那么漫长，然后才鼓足勇气想看他走了没有，于是我扶着窗台站了起来。

糟糕，他还在，而且走得更近了。确切地说，他走到了我门廊跟前，我惊慌失措地退了回来。他赤裸着上身，看着我，挑起眉毛。我不知所措，举起手，朝他半挥着。

他举起手机，做着鬼脸，嘴型在说对不起，但他标志性的微笑没了。

我摆手说不用道歉，神情像一位经验丰富的奥斯卡奖得主那样冷漠，甚至一只手放在突起的臀部上——这姿势太诡异了，我赶紧把手放下来。他慢慢踏上门廊的台阶，站在窗户边，我赶紧后退了两大步。

"起码我没有敲鼓打扰你，对不对？"他用平静的口吻开着玩笑，声音一如既往的坚定。它穿透玻璃，清脆地传入我的耳中，但他依然没有笑容。

他的下巴朝地，两眼盯着自己光着的双脚，我呼出的气体在冰凉的玻璃上晕成一团雾气。不对，有些事情本该发生的。就像哈里·斯泰尔斯和他邋遢的头发，或像美国队长和他的神盾……所以，隔壁新来的卢克不可能没有笑容。

抽动的手指在我大腿上敲出了八个节拍，好想打开门问他还好吗，可我做不到。我有意无意地抠着腿上一个新结的痂，焦虑给了我一百万个不能这么做的借口。我的心尝试反击，却惨败。

把门打开吧，他看起来很失落，就像一个迷失在人群中的小孩儿。

不能开那扇门，这可能是一个圈套。人们都睡着了，没人能听到你的尖叫。

把门打开吧，他眼中的是眼泪吗？连环杀手才不会有甜美的笑容。

不能开门，还记得变态杀人狂假装瘸子引诱受害者的故事吗？宁可安全，不要遗憾。

这场争论在我脑海里激荡着，直至我心急火燎，两耳冒烟。终于，常识开始显现，我可以说话啊。担忧真是个戏精，只需一点点事情，就能使它变得如此庞大笨重，以至于再看不见那么明显的东西。

我不需要打开门就可以问他还好吗。

喉咙一震，我的声音不像他的那样自信，微弱得将将能在空气中传播，更别说穿透屏障了，于是我用手指在窗户的雾气上写道："你还好吗？"

一瞬间，我觉得去年夏天学习倒着写字（和说精灵语）的那三周似乎也不是在浪费时间了。

我划着线，玻璃吱吱作响，他抬起头。一个微小的、未尽全力的笑容拉起了他的嘴角。他眯起左眼，给了我一个在猜字谜想不到答案时的表情。

我退缩了，心跳速率加倍。也许我不应该过问，或者，比起在窗户上涂鸦，我更应该拿什么工具撬开自己的嘴。于是，我用力按着指节来惩罚手指。

他点了点头，朝我挥了一下手。"我不是故意打扰你的。"他说。

"你没打扰到我。"我低声说道，他已转过身去。

只用了二十六步，他就跃过我家房子与他家房子中间的黄杨木树篱，回到了家。

我步履蹒跚地走到前厅，倒在沙发上，脑海里思绪万千，像有上千个问题随我一起倒下，房子都跟着抖了抖。新来的男生搬来隔壁才一个星期，为了弄清楚他在想什么，我的脑袋已经烧煳了。我知道这是怎么回事，男生和女生看似同一物种，却来自两个完全不同的星球。再加上我那多虑的超能力，麻烦就更大了。我讨厌这种总把事情搞砸的感觉，自从他搬过来，我多虑的次数增加了三倍，我讨厌这样的自己。我知道这都怪我，这是我的毛病，是我自己的问题，于是我决定从此以后尽量避开他。

10

今天周三，如同承诺的那样，里弗斯医生过来喝了杯咖啡。她待了四十五分钟，我们聊了一下饮食起居的情况。然后她教我如何呼吸，这比我想象的更容易忘记。

她走了大概六分钟后，我听到信箱吱呀的一声响。

邻居：

周五我家有个埃里克·罗兹的节日派对，时间定在晚上七点半。

希望你能参加，没有家长。有啤酒哦！

为了周末，感谢上帝。

卢克

哦，天哪！

大事不妙。

大事不妙！

除了烈火和硫黄之外，每个人眼里的地狱都不同。购物，报税，鱼疗足浴，或者和不停按笔的人永世困在一起。

我将刚才在门垫上找到的那张折叠整齐的纸条揉成一团，扔到大厅。我盯着它，它躺在地板中间，像个布满完美笔迹的定时炸弹，滴答作响。于是我一跺脚，把它捡起来扔在垃圾桶里。我现在无法处理即将面临的派对和混乱的压力。

我转着圈，在厨房里一圈圈走着，小心翼翼地避开上午窗户透进来的苍白光线。

一个派对，有啤酒，就在隔壁，这对于我来说就是地狱。我想不出有什么比这更糟的，哦不，等等，想得到，比如说隔壁办着派对喝着酒，而我独自待在家里。

想象着五十米开外就有我以前高中里的人，而且人超级多，像洪水一样，从他的前院挤进我的前院。我知道自己的高中生涯比果蝇的寿命还短，可如果有人认出我来怎么办？如果有人记得我家怎么办？如果他们要来我家里怎么办？如果他们要我出门怎么办？

想到这里，我的头都要炸了。

醉酒的小年轻们把伏特加倒到老妈的玫瑰花丛里，垃圾扔得满街都是，还可能嗑药，然后警察会来……我在电影里看到过类似情节。

"诺拉，诺拉！"一个熟悉的声音穿透了我的愁云惨雾。

"妈？"我低头看着手中的电话筒，里面传出老妈微弱的声音。

我甚至不记得自己打了电话。

"妈，妈。"我把听筒塞在耳朵上，"妈，他周五晚上要开派对，我该怎么办？"如果她在跟前的话，我可能正紧抓着她的衣领。

"什么？"

"是埃里克·罗兹，还提供啤酒。"

"亲爱的……埃里克·罗兹死了……"

"什么？不是。"挫折让我振作起来，"我知道他死了。我们小镇的创始人埃里克·罗兹已经大约去世了十亿年啦，这周末的派对是我们为庆祝他的诞辰而办的。不是我们，不是我，不是……"

我的舌头打着结，在嘴里突然长成十倍大。可能我没说明白，是惊慌失措，别和欣喜若狂搞混了，虽然这两个症状很像。

深吸一口气。"隔壁新搬来的男生，"我用幼稚园孩子般的语气说，"他周五晚上将办一个派对，邀请了我，邀请函上写着'供应啤酒'，字很好看。"

"有人邀请你参加派对？"老妈惊讶的语气就像她要把邀请函贴在冰箱门上一样，很显然她完全会错意了。

"妈。"

"好吧，对不起。他们给我吃了些强力止痛药，就在一小时前，现在我感觉自己正在床上漂着。"她咯咯地笑。

大事不妙，至少对我来说。而对她来说，这是可喜的消息。

"妈，周五你就能回家了吧？"啊老天，拜托让她说周五能回家吧。

停顿，更长的停顿，等得我的头发都白了。

"今天早上来看我的医生说，我可能要在这里待到下周一。"

我用指甲掐着手心，使劲儿掐着，直到指关节上紧绷的肉快裂开了。"他说了一大堆，说要给我打骨钉，还说我的手腕愈合有问题等听起来很学术的话。"老妈的声音很含糊，她要么喝了口水，要么就是咽了一口口水。我把手放进嘴里咬住，绝对不能让哽咽声传到电话里。

妈妈病了，我就更不能倒下。另外，我也不想吓到她。她听起来很忧郁，我记得读过一则新闻：有个女孩情绪激动导致心脏病发而死。这虽然与药物导致的激动不同，但是，人会对止痛药上瘾，而妈妈服用过止痛药……我希望这种事不要发生在妈妈身上。

有太多要担心的事儿了。

"亲爱的？你还在吗？"

"我在。"我拍拍脑门，当作对大脑不听话的惩罚，"我思绪很乱，派对的事我不知道该怎么办。"

"我觉得首先你要做的就是深呼吸。"她试图用声音引导我做深呼吸，然而我只听到她喘着粗气。但这起了作用，因为我的强迫症需要依靠肺部来纠正失衡的步调。

"还记得里弗斯医生说过不可能控制所有的事情吗？诺拉，亲爱的，我可爱的宝贝女儿，恐怕这就是你无法控制的事情。"

这种"无法控制"的言论是所有谈话中我最不喜欢的，也是最难消化的。有时候，事情注定会发生，而唯一的出路就是熬过去。就像分娩一样，无论做母亲的多么害怕，都要将宝宝生下来。

我坐在厨房的地面上，妈妈的声音变得像鲸鱼的歌声，把我的注意力从这个刺激的生活智慧上转移开。

我们聊了两个小时，她成功地说服我的破脑子相信我是安全的。假如我能待在房里忽略它的话，就算这派对变成了"冲浪周"和"春假"的混合体也没关系。这是我必须经历的考验，而我至少可以把自己埋在毯子堡垒里。

我们聊了许久，结论是我像往常一样就可以了。于是像往常一样，我祈祷自己能尽快放缓思绪，像普通人一样处理事情。

"挂电话前最后一件事，"老妈说，"有男生约你出去玩？"

我望着垃圾桶，想象着那张皱巴巴的纸片埋在昨天的垃圾中慢慢腐烂。

我不知道这算不算。

我没有时间来分析这一点，但本该有的，本该是兴奋的，兴奋本该大过恐惧的。我想了解从前的朋友里有多少人会因此兴奋不已，而不是沉浸在假想的末日场景里。抑郁往我的脖颈后哈气，让我感到彻骨的寒冷。

不能让它进来。

我强颜欢笑，一扫嗓音里的悲伤。"嗯，确实如此。但这是一个派对，会有很多人一起，所以严格说来，岂不意味着他约了每一位收到邀约的人？还有很多细分情况可以考虑。"

"哇，现在约会有细分类啊？"

"当然啦！天啊，老妈，你有时候就像来自侏罗纪时期，而且我们都没看过电视似的。"她笑了，真的笑了，不难注意到她很享受我们谈话中正常的只言片语。只是它们太少了，以至于如此醒目。

这天剩下的时光里我在赶一个英语论文。

是的。

空白页上闪烁的光标紧迫地朝我眨着眼睛。我本应该剖析着《麦克白夫人》里的道德和动机，可我大脑一片混沌，感应不到莎士比亚的精神。

我一直是个优等生，除非有别的事情要担心，你甚至可以通过成绩单来划出我过得糟糕的月份。比如有个学期，妈妈以为我们不得不搬家了，然后我的加权平均分就掉到了 3.0。我很乐意以满分 4.0 来渡过家庭教育生涯，可如今学习就好比跳进了一家商店，想要获得什么，得看商店的情况。

我敲着键盘，直到不安的心平静下来才上床睡觉。

11

我睁眼躺着，整晚都在担心派对的事情，就像小区里藏匿着发狂的连环杀手让我难以入眠。

焦虑在我的胃里生根，牢固地坐在十二个小时之前吃掉的奶酪三明治上。从我的腰部到膝盖，一切都扭紧着。没来大姨妈，却承受着来大姨妈似的痛苦。

床垫硬得同砖一样，床单一直在我身上爬来爬去，导致我一度以为它们想勒死我。

六点半，我把沮丧的身子从床上拖下来，不再尝试去睡。我用毯子裹着肩膀，朝前门走去。有时候，看看这四面墙之外的世界是必要的罪恶。于我而言，这意味着我得在大厅里坐很久很久，通过一扇敞开的大门看着世界醒来。

早晨的气味闻起来像刚修剪过的青草和金银花，我裹在一个茧里，看着缓缓升起的太阳把天空染成粉红色，黄色和紫色。

当一辆橄榄绿的大众旅居车出现在克雷森特街时，时钟整好七点。它沿着路边缓缓行驶，在每栋房子前面短暂停留几秒钟。

我大脑里的相机又快又准。

只需看上一眼，这外来车辆的每个细节就能印入我的脑海，从车牌号到后轮拱罩上焦黄的铁锈，每一处细节都逃不掉。它在道路尽头掉头，回到路上，开始巡视我们这一边的房子。

开车的人有着浓密的棕色胡须和一头深色卷发，侧面的车窗上贴着贴纸，是纪念品一类的贴纸，形状像著名地标的那种，我认出了帝国大厦和迪士尼公主宫殿。

那个人看见我，停下车，摇下车窗。我赶紧缩了回来，准备关门。他满面笑容，此时有人喊道："爸爸！"

是卢克。

他站在黄杨木树篱旁，露出身子，拦飞机似的挥舞着双臂，我咬着下嘴唇移开了视线。

旅居车停在了隔壁。

我不知道卢克有个父亲，这听起来很蠢。我的意思是，显然我知道卢克有父亲，我只是不知道他还在世。

他们在车道中间相遇后紧紧相拥着，是那种让我相信自己正在见证团聚的拥抱。我并非故意盯着看，可我的零接触守则正在渴望被关注，我努力地回想与人拥抱而不用担心染上疾病的感觉。

我想到了埃博拉病毒……因为忙于考虑传播学，我错过了这对父子分开的时刻，在我回过神来并移开目光前，卢克发现了凝视着他们的我。

"诺拉。"他打招呼，下巴抵着胸口，看起来十分羞怯。他的父亲期待地看着我，然后看了眼卢克，又看了看我。可卢克并没有给我们作介绍，而是疾步走回了屋里。他的父亲疑惑地看了我一眼，跟着进了屋。

有意思。

接下来的一个小时，我的大脑像不停地掉进兔子窝般不得安宁，我好奇为何卢克不屑于介绍他的父亲。我把自己蜷缩在毯子里，没事儿人一样地坐在走廊上，仅存的手指甲为我的好奇付出了惨痛的代价。

八点多，卢克从房子里走出来，手握着车钥匙，背着他学校的背包。我别过身，将目光锁定在一只正与花调情的帝王蝶上。

"嘿，邻居。"听到声音后我环顾四周，卢克正站在黄杨木旁对我微笑，与之前相比跟换了个人似的。

我鼓足勇气回笑着。

"嗨。"

"要不要载你去学校？"他摇着自己的钥匙。

"不用，但是谢谢你。"

"小意思。"其间短暂的停顿让我想要摆弄手指。"你收到我的邀约了吗？"他问。

"收到了。"我得付出极大的努力来阻止自己退缩，要不然，我会为了我的多虑哭着请求他取消派对。

"你会参加的，对吧？"他笑意盈盈，"你一定要来，因为你是我唯一知道名字的人。"他摘着黄杨木上的叶子，我摘着毯子上的线头。

"不是我不想来。"尴尬在我语气中弥漫开来。

"啊，你有其他的计划。"他得出结论地点头。

"不是，根本不是这样的。"这对他来说是个合理的假设，可我却提高音量如此回应。他的脸上浮现出一种安慰，我把下巴抬得更高了。

"只是……我的感冒还没好……"可这理由还不够，轻微的抽鼻子并不能阻止正常的青少年玩得开心，"而且我必须完成一项重要的法语作业……"

"我不觉得卡蒂诺还在教法文？"

当然，因为卡蒂诺是第三所把法语课换成中文课的学校，在我离开后的夏天换的。那会儿还举办了仪式，警察局长发表了关于多元化的演讲，让特纳副校长十分难堪。我知道这个，是因为有人拍了下来，还把照片贴在美俏上，这都流传了仿佛有半个世纪那么久了。

多么愚蠢的错误，怪我没想清楚。外面的空间在膨胀，大脑在乞求我结束对话然后溜回去关紧门。就像一个蹒跚学步的小孩拖着我的围裙带，迫使我去思考一切。它让我偷偷回去，无缝地融回日常生活中。它因为我想与人交谈，或者想要与人接触的想法而变得越来越焦躁不安。与之形成鲜明对比的是，我此刻心中唯一想知道的是，人需要多了解另一个人才能称之为朋友？

"这是放学后课余的东西。"我最终回答道。

"啊，好吧，这样的话，Bonne chance（法语：正好）。"他会说法语？虽然生硬，笨重，还操着他浓重的美音，但我很确定这是法语。

"Parlez-vous Français？（法语，译为：你会说法语？）"

他眯着眼睛，清了清嗓子，哼出一声紧张的笑："好尴尬啊。"

"哦，你不会说法语？"

"被你发现了。"他做着鬼脸，我咯咯地笑。接着，他做了件令我意想不到的事，他跳过了黄杨木。

不，不要过来，请不要过来。

对，过来，请过来。

我的心里又开始纠结了。

他正走过来。

我把屁股往后挪了一点，这样就可以更往里且不用把他隔绝在外。不知为何，我感觉这样更安全。我坐直身子，突然希望自己穿着裤子而不是平角裤，因为我的腿丑死了。骨瘦如柴，没有血色，到处都是因为各种抓痕而留下的紫色的痂。在卢克走近之前，我扯过肩膀上的毯子，盖住不希望让他看到的身体部分。

"被你抓到啦，"他接着说，然后坐在门廊台阶上，"我不会讲法语，但是我去过那里，所以还是有点功底的，对不对？"

"你去过法国？"

"对啊，去过几次。你呢？"

没有，从未去过，一次也没有！

我讨厌他，不，我的意思是，我不讨厌他，但是嫉妒像一窝蛇一样在肚子里蠕动着。我对他做着假笑，脸颊生疼。

我不会撒谎，毕竟刚刚撒谎还让我出糗，但我也不能说没有。

于是我思考了一下后回答："我要去那里读建筑学。"那是以前的计划，中学以来的计划。自从妈妈在圣诞节给我买塑料方块，而祖母帮我用它们建了一座城堡后，我就有了这样的想法。当然，这都是生病之前的事了。

"哇，厉害。"他张大眼睛，身体后仰，仿佛我刚刚发明了时空旅行机。有那么短短的一秒钟，我感到无以言表的满足和心理健康。是整个身体上的，而不只是大脑或心理上的。但随后我就想到了法国远在天边，而我甚至无法走出自家的前门。

我咽下悲伤。"你呢？你毕业后想去做什么？"

"嗯，"他摸着下巴，望着他父亲的旅居车答道，"我还没想好，只要不涉及旅行。"

"真的吗？为什么？"也许这问题太私密了，可我无法理解为何有人能自由旅行却不愿意。

他犹豫着。"我的母亲是位空乘，我们以前经常旅行，可能多年的上下飞机让我反而渴望有一些固定的东西。"

"你爸是做什么的？"

他又瞄了一眼旅居车，做了个鬼脸，我想知道他在陈旧的油漆和纪念贴纸之外看到了什么。他到底在回忆中看到了什么，才会在痛苦的沉思中皱起了眉头？

"他不断地消失……"卢克喃喃道。听见自己的声音，对于自己的坦白，以及回应中泄露出来的讯息，他惶恐了。而我唯一可以肯定的是，他希望自己没有说过这些话。

"卢克？"他父亲在前门喊，"你妈说你不是要去哪儿吗？"

"对哦！"卢克跳起来松了一口气，因为他终于有逃避我后续发问的借口了。"我得去学校了，"他说着，已经冲回到卡车旁，"派对的事你会再考虑一下的，对吧？"

我点头。他看不见我，但不打紧。他现在唯一关注的事情就是逃离这里。如果他更了解我的话，他就会知道无论他跑得多远、多快，说了就是说了。我的大脑想了解更多，宛如身体需要血液那般。

12

周五到了，我期待得到睡美人似的待遇，让世界陷入无意识的状态，然后周一醒过来时对卢克的派对失忆，或者质疑它为何没有如期举行。

那真是太奇妙了。

唉，魔法只存在于故事和洗发水中，让你的眼睛在接触时不会感到刺痛。

妈妈在早饭前打来电话，而破天荒第一次，我直接转成了录音而没有直接接听。因为我的声音听起来不太稳定，嘴唇还麻木。我已经给了她那么多不必要的压力，我不想再拖累她的康复了。

记得有一次，恐慌症发作得越来越频繁时，我问过她对整件事情的感受，她低声说"无助"。她告诉我，这就像看着自己的孩子在透明的盒子里溺水却无能为力。那天我哭了，我恨死我自己了。

电话铃响了三声，随后整栋房子萦绕着她的声音，我也跟着笑了。"嘿，宝贝。只是打电话来报到，看你怎么样了。希望你还没起床，因为我讨厌你不接电话。给我回电话，好吗？"

三声铃响后电话安静了。

接着……

一秒钟过去……

两秒钟……

完全不出所料。

口袋里手机的消息声嘎嘎地响起，是老妈，说着一模一样的东西，只不过这次是短信，我就知道她会这么做的。短信还是可以接受的，因为我可以用半真半假的话和微笑的表情来回答，这样她就能继续休养了。

与此同时在现实生活里，我竭力维持着表面的平静。闲荡在房子里，盯着厨房的垃圾桶看，仿佛一只独占着房间一隅的巨型蜘蛛。邀请函还在里头，于是垃圾桶自然就成了头号敌人。

焦虑不会自己停止，在焦虑退缩的那一刻，你可以获得短暂的美好时刻，但它不会离开。它像阴影一样潜伏在背景中，又像你必须要做却一再拖延的重要作业，又或是偏头痛三天后的沉闷疼痛。你所能做的只是希望能控制它，让它尽可能地变小，不那么扰人。我能应付得了吗？能，但是得付出巨大的努力才能防止我肚子里的炸药爆炸。

邀请函上说派对今晚七点半才开始，可我决定早点采取行动。不到十分钟，我就把房间变成了碉堡。

拉上窗帘，我用填充玩具加上两垛共六本，每本厚达三百三十二页的书，填补所有缝隙。我拿上一杯水，再拿一杯，必须有备用的，然后把它们放在床头柜上。

我不需要零食，吃东西是不可能了，因为胃里已经紧到塞不进任何食物了。我在梳妆台抽屉里放上一个新的纸袋，以防万一，然后拿出一副备用的降噪耳机。往后一站，我很欣赏自己设法缩小的空间。

我疯了。

但令我高兴的是，没有人知道我为了让自己感到安全而做的事情。

我向自己保证天黑之前我不会躲在房间里。然后，我溜进了书房，按下收音机的播放键，听玛丽·米拉兹讲解不规则的法语动词。

"你明白吗？"玛丽问，从第一堂课开始，她就用了这样居高临下的语气。

"我明白了。"我用法语告诉她。虽然她滔滔不绝地引导着我，但隔壁的动静已经引起了我的注意，是卢克的父母。

他母亲穿着睡袍站在门口，他父亲站在门外，弯下身来，用力亲吻着她的嘴唇，看来他要走了。

他要走了，走在车道上笑得合不拢嘴，而卢克的妈妈则擦着脸颊上痛苦的眼泪。

我不该盯着看的。

真希望能递给她纸巾。

我不能再盯着看了。

匆忙地，我暂停了玛丽的课，并逃离了书房。

在接下来的几个小时里，我躺在沙发上发酵，试图让自己沉浸在脱口秀节目中。外面的发动机咆哮声响起时，我正好看到被抛弃的妻子无力地捶打着自己丈夫的剧情。

无视它。

有辆车停在了隔壁，我再次怀疑派对的开始时间。现在才不到四点，他们不会现在就开始吧……会吗？

无视它。

可假如有什么我该知道的事情发生呢？

无视它。

不，我当然不能无视它，了解事情的全部有助于确保一定的安全性。我只需躲避派对本身，而了解它的策划是有必要的。

我悄悄向窗口走去，一辆满是灰尘，写着"把我洗干净"的卡车停在路边。卢克从房子里跳了出来，与开车的人击掌打招呼。这还不够，另一个穿着休闲、脸颊轮廓分明的金发肌肉男将卢克拉住，来了个结结实实的拥抱。他们拍着彼此的背，有那么一秒钟我怀疑自己错过了他们当中某人或两人窒息的样子。

我跪在地板上，从门廊的窗台下窥视，看着他们俩从卢克的房子里搬出古董家具。卢克与他的母亲搬来时，我看到过他搬进去同样的家具。他们把它拖进车库，闩上身后的门。我猜他们是在试图规避派对带来的附带损害，毕竟我不认为从复古的室内装潢中清除啤酒会有多容易。这点告诉我：至少卢克是个有前瞻思维的人。

他们一直在说笑，不断地找机会调侃对方，我就像看着两只小熊在打架。

傍晚五点三十七分，他们俩都冲进前院，躺在地上，沉浸在傍晚的余晖中。卢克戴上一副太阳镜，我心中不由惊叹。

他们说着话，我听不清他们在说什么，但是金发男说话时，卢克的下巴抵着胸口，开始撕扯大块儿的草皮。我不由凑近了一些，像一朵花在阴凉处拼命寻找阳光。在黑暗中，他不停地在车道上来回踱步，看上去和周二清早一样糟糕。我想知道他们现在所讨论的与当时发生的有什么关系。

不论聊了什么，当卢克的母亲走出房子，身后拖着一个小手提箱时，谈话停止了。今天早晨那个哭泣的女人已经不见了，现在这个女人微笑着，仿佛走在美国小姐比赛的舞台上。她穿着一件清爽的黑色空姐制服，涂着闪闪发亮的粉色口红，让我想起了五十年代的好莱坞。金发男吹着口哨，卢克立马一拳捶在他手臂上。她轻揉着卢克的头发，在他脸颊留下一个吻。然后她爬上一辆银色越野车，我看到她嘴型貌似在说"乖乖的"。他的母亲不仅不参加这个派对，还将会去九千米的高空上。我明白了。

六点多一些，一辆破旧的日产尼桑突突地出现在眼前。开车的人是个扎着长长黑色马尾的瘦小子，鼻梁上架着一副超大牛角镜框的眼镜。我认识他，至少，我认出了他在美俏上的脸。他的名字是西蒙，几周前，他在一场足球比赛中被拍到，身穿卡蒂诺学校的球衣和红发女生接吻。也许我们在学校的大厅里擦身而过时还打过招呼，但那是很久以前的事了，因此我不能确定。

他把车停到卢克的车道最前端，然后我就看不见他了。我从地板上爬回书房，丝毫不觉得羞愧。书房的窗户能让我看到卢克的车道全景，这样我可以有个更好的角度。

里弗斯医生说，我会注意到这样的情况是因为它会让我的大脑以为自己正积极地处理某些问题。我无法阻止或控制卢克的派对，只能看着事情一点点展开，追踪活动，记录心理，这样能减轻我陷入深渊的感觉。没错，这对我帮助。

又是拍后背和撞肩膀，然后他们三个从那辆小车的后备厢中扛出了巨大的扬声器。这就像玛丽·波平斯的手提包，东西源源不断地从那个小空间溢出来。

马路对面头发斑白且总是板着脸的莫蒂默夫人从她家中出来时，那三个人正在给一些昂贵的高科技电子设备接线。她双手交叉放在胸前，不屑地瞥了一眼男生们。尴尬的几秒钟后，我仿佛看见了自己，只是比她多了些头发，少了些皱纹而已。妈妈说发廊里的女孩管她叫呻吟的莫蒂默……一阵战栗撕裂了我，我被自己的想法惊吓到了，不，我才没那么又老又心酸，因为我不排斥年轻人，也不排斥玩闹。

"你不是生气，你是害怕。"我提醒自己道。就在这时，莫蒂默夫人的邻居艾格尼丝·罗普也走上了车道。

我不记得我们街道有举办过任何派对，我是说，如果在镇中心的罗德中心有一个免费开放的野餐来庆祝我们的创始人诞辰日，那么两所学校的学生都会来表演舞蹈，但就私人派对而言，在克雷森特街上确实没发生过。这里更像是人们养老的地方，我的母亲称之为上帝的候诊室，这里的居民大都比宗教还老。我和卢克是近二十年来最年轻的居民。我不是在抱怨，这里的人大多数都很友善，至少我上次出门时都还是。以前周六我会去街上散步，听人们谈论一些不在他们身边的孙辈们，还能收到免费的糖果作为唱《一闪一闪亮晶晶》的回报。

差不多七点了，光线在一点点消逝，深蓝和深紫的云把天空染得瘀青。我把一切抛诸脑后，看着那些家伙在一张灰蒙蒙的地毯上乱转。

我注视着书房敞开的门。

明天一切都会结束了，我就可以不再担心，然后沉下心来学习了……我在心里为自己找着理由。

我看着书房的门，想着我应该完成的作业，就在我快被愧疚感征服时，我听见了卢克大笑的声音。我喜欢他大笑的样子，他笑的时候整个人都沉浸其中，仰着头，手捂着肚子，整个身子都在摇晃。

他们似乎玩得很开心，直到电话响起，铃声是管状钟声，卢克从口袋里掏出手机，他盯着屏幕，两个朋友面面相觑。

艾米。

我没听见他的声音，但我可以从他的唇型读懂出她名字的发音。我不再反感的那个人，那个有百分之九十九的可能叫西蒙的人，挥手示意挂断这个电话，但卢克已经走开并把电话举在耳边了。金发男耸了耸肩——一个"你要干吗"类型的手势。

他们似乎很烦躁，足球在他们之间来回滚动，卢克打着电话，小跑到院子的另一端。

艾米。

我的兴趣陡然消失了，倚靠在墙上，紧紧地抱住膝盖，牙齿顶着口腔内壁，我还是没咬下去。

为何这个名字让我如此烦恼？我思维简单的大脑想弄明白。

我的心一直在悸动，却并未恐慌发作。

我想知道艾米的样子，她是否可以不顾一切地接吻，是否可以换着别人的手行走在拥挤的商业街上。我敢打赌，她可以外出用膳，而不是花一个小时在主菜中品尝沙门氏菌；我敢打赌，她可以没顾虑地去到任何地方。

对，我想这就是它困扰着我的原因，肯定是隔壁新来的男生激起了我的好奇心。

我蹲了下来，最后望了一眼窗外。卢克已经回到朋友之中，他们搂着他的肩膀大笑了起来，可是他没有笑。卢克看起来无动于衷，像个刚刚被责令在冰冷的赛道上跑步的人一样，也许他们是在嘲笑他。

你还好吗？我想了一千遍，甚至用手指在墙上写了一遍。当金发男开始起哄时，他耸了耸肩。随后他抬起头，望了一眼我的房子。他肯定看不见我。也许是新手的缘故，他没看对地方。可我却石化了，然后开始祈祷自己不要被看见。终于他转头看向别处，随后他们全部都回到他的房子里去了。

13

我本来有一个计划。

一个好计划。

一个安全的计划。

那我为什么又要离开房间呢？掌心湿透了，我在膝盖上搓了几圈，想要把它们擦干。

十点半了。在过去的三个小时里，我本该戴着耳机，沉浸在音乐里。但我忍不住扯下耳机。尽管开着声音，六百首歌我却听不进任何一首。我的大脑一直照顾着我，使我得以远离冒险的、危险的事物，我们已经这样协作四年了，并且合作愉快，宛如一对齐心协力的老夫妻。可为何它如今却要作弄我？为什么它如此想知道卢克家里发生了什么？

我第一千次定睛看着卧室门，再一次滑下耳机，把它围在脖子上。重金属摇滚歌神对我嘶吼着折磨灵魂的歌词，我把声音关了，试图听到隔壁透过砖和水泥层传来的任何声音。

一切都很安静，除了卢克房子里跳动的音乐节奏外，但这是标准的、正常的噪音。我原以为会有更多杂乱的声音，例如尖叫声、警笛声、醉酒的少年在街上打架的声音。我开始好奇为什么只听到音乐声，不是一般的好奇，是诺拉想知道，从集体自杀到警方突袭的一切事情。随后我意识到，也许我的大脑并不是条蜷曲着随时想出卖我的蛇。也许这只是我求知前的准备，只不过准备时间长了点儿。

一个 2.0 的版本，渴望了解更多。

一定是这样。

在再次自圆其说之前，我走向卧室的门。准确地说是爬行，因为爬行使我看起来更小，而更小的感觉更接近隐形，隐形则让我感觉更安全。推开门，它发出吱吱的响声，仿佛卢克的派对寂静得像图书馆，我的到来将打破这种寂静。

我往楼下走去，踏了两次最后一个台阶，来到门廊的窗户边，然后坐在地板上，我的背紧贴着墙。心提到了嗓子眼儿，音乐包围了我，一些不知所云、醉了的探戈音符飘扬在空中。透过混凝土，我感受到这震动拍打着背部，它传入我的身体，使我的脊柱刺痛。闭上眼睛，卢克就浮现在我眼前：他端着红色的塑料杯，喝着啤酒，大笑着，整张脸充满了朝气。

我一定是睡着了——至少，我已经陷入某种无意识的状态，当生锈的邮槽被打开时的尖叫声使我睁开双眼时，一股口水正流过我的下巴。

我惊慌失措，从贴在肩膀上的天鹅绒门帘后抽身出来，后退了一步，与窗户保持了起码有两米的距离。我喘息得厉害，以至于每一次呼气时肩膀都能抬到耳边。又惊又喜，我看着一封折叠的信穿过门上的收信口，掉落在垫子上。

卢克。

我盯着纸条，顿住了。因为太紧张了，所以我不敢去捡，以防他听出我在家里。

几分钟后，收信口再次响起。它被打开，又一张纸条穿了过来，差点掉在第一封信上面。我的好奇心达到了顶峰，恐惧则相应地退后了一步。又过了一会儿，至少，我想起了自己是谁，在哪儿。我拿毛衣袖子擦干了脸上的口水，拨开眼帘上的头发，这时第三张纸条掉落在了地板上。

他在干什么？打算给我写小说吗？

收信口第四次被抬起，但透过来的不是纸张，而是声音。"我知道你在看，我看到你的窗帘抖动了。"

恐怖，炽热，我的下巴都惊掉了。"但是我没看。"我毫不犹豫地为自己辩护，然后用手捂住嘴巴，希望能把这些话收回来。他笑了，这不公平！我眯着眼睛，瞪着门，变成了一个学步的小孩，嘴巴都嘟了起来，我感觉到一阵不快。卢克放下收信口的盖子，它"咔嗒"一声合上了。

然后就没动静了。

我用一侧的耳朵贴着门，专心地听着，希望、祈祷、恳求他会离开，但我没听见走远的脚步声，我什么都没听见。我的牙齿碰到嘴边的皮肤，开始咀嚼。什么都不知道是令人不安的，就像一队爬行的昆虫军团，在我的皮肤下面潜伏着。尽管想开口问他是否还在，但我的嘴唇麻木了，它们不听使唤了。

于是，我把注意力转移到垫子上的那叠折纸上，手指像蜘蛛一样走过层压板，只花一秒钟我就逐一拿到了纸条。

邻居：

你好！（法语）

作业写得怎么样了？

卢克

邻居：

　　我的家里大概有一百个人。

　　而我只知道其中两个人的名字，所以怎样才能让你出来救我呢？

卢克

邻居：

　　另外，你从未告诉我你最喜欢变形金刚系列电影中的哪一部……

卢克

微笑在我脸上蔓延开来，像野火一样，势不可挡，脸颊都觉得生疼。他是那种百分之十的为人，加上百分之九十的魅力。只要他愿意开口问，一小时之内就能知道所有一百个人的名字。但，如果这不是他来这里的原因，那什么才是呢？我不敢相信他离开自己的派对，是因为他宁愿坐在这里和我说话。但这个想法已经在那里了，我撼动不了了。

门廊上铃声响起的时候，我的心脏狂跳，随后又强忍住惆怅的叹息。是手机铃声，卢克的手机，和今天下午一样的管状钟声。我像搁浅的美人鱼一样扭动自己的身体，用手指抓地，蹒跚地把自己拉到门边。

有动静，是皮夹克的声音。铃声停了，但卢克没有说话。铃声再次响起，一直响。我将耳朵贴在木板上，因为他也许正轻声地答着电话。仍然没有动静，手机也没有再次响起。又或许它响了，而他把它调成了静音。

我喘着粗气，仿佛被困在壁橱里的幽闭恐惧症患者一样，呼出来温热的气体，溅到门上，然后弹回到我的脸上。我的舌头抽搐着，话语突然像有了实体。它们正沿着我的气管往上升，厚厚的，喉咙里像咽了一个高尔夫球。

　　"我认为……"我开口了，但如果想要我的声音穿透到门外的话，我得抬高音量。深吸了一口气，我再次尝试："我想是有人想和你说话？"

　　我伸出一只手，手指摸着冰冷的铸铁门把手，但不会去打开它。

　　"唉，我不想跟他们说话。"卢克用一种假的，也许是英伦腔，类似于咬舌似的口音，我几乎可以闻到他呼出的酒气。收回手，我把它塞在屁股底下。我不会开门的，因为我对醉酒的人有点成见。我不是一个死板的人，绝不是墨守成规的那种类型，但我读过一些故事。我知道酒精可以破坏最坚定的大脑，哪怕和我印象中的琴弦一样坚定，所以我想还是避免这些更为安全。

　　我扭头看向身后，眼睛随着楼梯往上看，我好奇他是否会注意到我想要躲回卧室里。开什么玩笑？说的好像这是一个选项一样。如果我现在离开，我将不得不在大脑迷宫中度过剩下的夜晚——试图弄清楚他是否还在外面，好奇他在做什么，或者想知道他是否还清醒，更别提我为了抑制由不安的昆虫军团引起的瘙痒要掉几层皮了。

　　于是有个东西，小小的，在我的内心里被唤醒。一些让我想微笑的东西，能让我用舌尖湿润嘴唇的东西，想知道我的发型看起来怎么样的东西。

　　"嘿，诺拉。"我听着他的声音，好像他正在我的耳边低语。

我太想知道现在我们的距离有多近，以至于忘了回应。他接着道："你为什么总是在偷看？"

"我没有。"我反驳那句话时，伴随着一大口喘气，仿佛挥舞着白旗在投降，"我的意思是，我知道你以为我在……窗帘抖动啊什么的。事实是，那是比较重的窗帘，它们是天鹅绒做的，而且很服帖……"我停不下来了，仿佛在跑步机上，我的嘴巴在动，人却哪儿也去不了。满嘴废话和绝对沉默是一对邪恶的双胞胎，你会发现它们经常一起潜伏在焦虑周围伺机而动。

"我的意思是，"我深吸一口气，"我靠墙睡着了，窗帘勾在我身上，于是我动它也动了。"我指着窗户，试图对一个坐在一扇不透明的门另一边的男生进行辩解。你永远也想不到这就是里弗斯医生所谓的高速运转的大脑，有时在它与恐慌结合后，我能变成一台不错的电脑。另外一些时候，我甚至能确定我可以变成一台好的Kindle。

"我真没偷看。"我拧着手指，希望能拧去一些皮肤上的汗。"说句话啊，拜托，说句话。"我闭上眼睛，对着木头低语。

沉默在尖叫，我的耳膜都要起泡了。他认为我是个怪人，他还没怎么跟我相处，而我已经吓跑了他。

"卢克！卢克！"一个女孩的声音在黑暗中响起，像弹珠一样，跳动在克雷森特街的房子、树木以及古老的维多利亚风格的街灯周围。"卢克，你跑哪里去了？"

"糟糕，不是吧。"卢克低声说。

"你朋友？"我问。

"我正被艾米·卡瓦诺追杀。"他回答，就像刚跑完马拉松一样。

艾米？那个艾米？为何他说得如此稀松平常，仿佛我理应知道他在说什么似的？

"我不知道那是谁。"

他哼地笑了一声："你在开玩笑吧？你肯定是学校里唯一一个不知道她的人。"

天啊，我确实认识她。

该死，我还见过她。好吧，至少见过她发的状态，因为它们一直出现在我的美俏上。她自称艾米·女王·卡瓦诺，她的更新获得了很多的关注。老实说，我以为她是某种意义上的名人明星。我不知道她在卡蒂诺，她一定是在我离开后才来的。

"对！那个艾米。'女王'艾米。"

"就是她。"

"太多的法语作业把我脑子都烧坏了。"我嘲笑自己的失礼，等着他详述他和艾米的关系，可他没有。我不知道我们现在是否算得上是朋友，我也不知道我能否问他。

你们当然是朋友啦！他跑来这里跟你说话，不是吗？

除非……他只是来这里逃避"女王"艾米。

我的心脏在嗓子眼儿里狂跳，随后我听到他的皮夹克再次收紧。有动静，他站起来了。我也和他一道站了起来，手掌平压在门板，我差点抓破木头。他要走了，这个想法带来了恐慌。我不要他出现在这里，但他出现了，而且是两天内的第二次，他赶走了我一想到朋友就会在角落里缩成一团的阴影。

"嘿，诺拉？"

"我在。"

"你觉得我可以明天过来，然后一劳永逸地解决这场有关变形金刚的谈话吗？"

"我看过那个漫画，但从来没看过电影。"

"别慌。"他又用那种假的法国口音说着，"我会把它们带过来的。"

等等，什么？我不是这个意思。

"我……"

"卢克，你在哪？"又是那个声音，尖锐刺耳，漫无目的地飘荡在音乐之上，融入这夜色里。"女王"艾米。

我双手双脚交叉，暗暗地祈祷他能忽略她，在这里待久一些。

"我想我还是走吧。晚安，诺拉。"

随后他走了。我试图数出他离开时的步数，却没成功。

好冷。

14

那感觉从我开始跋涉回卧室的那一秒就开始了，这些想法像铁链一样裹着我的身体，于是我不得不依靠栏杆把自己拉上楼。

从未发生过的沉思和漫谈，刚才的对话在我的脑海里不断地循环上演，它们把我的大脑撕成碎片。

我在大厅里停了下来，看着落地镜里瘦长的身影。我想看到窈窕的，有蓝色大眼睛的金发女郎。我想看到在美俏自拍上看到的那个女孩，那个微笑着，从来不用理会任何人的期望，或者从不解释她为何如此行事的女孩。但是在现实生活中，我所看到的只有迟钝的阴影和痕迹。脆弱、忧虑、软弱、瘦弱、胆小、失败、疲惫。最重要的是，我已经疲于与自己的大脑做斗争了。

他们，那些处理大脑问题的极客，说我有一种看不见的疾病，但我经常好奇他们是否真的看到过。超越科学的东西，它不会流血或肿胀，瘙痒或破皮，但我能看见它，就在我的脸上。它就像腐烂的物质，流出那种恶心的绿色液体，仿佛我的生命正透过一个灰色的滤镜上演着。我缺乏阳光，是一块阳光都无法照耀到的区域。

卢克明天不能再过来了。

我的态度来了个一百八十度的大转弯。这并不罕见，尤其当我有时间思考和眨掉眼中晚霞的玫瑰色的时候。

我露出了一个微笑，我想起卢克，想起俗气的歌谣和让人羞赧得卷起脚趾的诗歌。这一刻感觉很美好，他让这种疯狂的感觉缩小到足以被一个印章盖住，但这还不够。这种感觉太短暂，容易被门锁在门外。不幸的是，我很现实，我不是詹姆斯·邦德。总有一天，他会想要走出门外，更糟的是，他会让我走出门外。也许"女王"艾米会满足他所有的期许，也许他会忘记那个在窗户上写字，破晓时坐在家门前，只为看一看天空的女孩。如果他还过来，如果我让他进门，我再怎么努力，也无法在他面前藏起所有的疯狂。

　　我的身体落在床上，床架吱吱作响，有那么一秒我担心它就要塌了，但它挺住了，我轻拍着床垫就像它帮了我一个大忙一样。

　　我的大脑就像被小猫踩蹭过的羊毛球。

　　在眼帘背后，我只要一眨眼，就能看到自己在告诉卢克我那些奇怪的仪式，我的例行事务，我激烈的思维流程，然后我看着他后退，好像我有瘟疫或某种不知名的热带疾病。

　　经过一番激烈的内部辩论之后，我觉得他的退缩是我能承受的。那还有笑声呢，我的意思是，我还能看到他的笑容，一想到这里，我就笑了。但我不能忍受的是那些残忍的、恶毒的、鄙夷的笑。比方说，假如他嘲笑我，我该如何是好？我可以想象那种场景，生动耀眼的彩色影像，就像放电影的一样，加上所有的指指点点和叫骂。如果发生这种情况，我会心碎一地，再也粘不起来了。

15

我不知道黑夜是什么时候变成白天的，我的房间依旧是一个堡垒。光线被驱逐，所有的缝隙都被堵死了，我与困在被遗忘的塔楼上的公主就差一件伊丽莎白时期的礼服。

黑暗的空间使我清醒，它第一千次提醒我，如果任由我的心来控制大脑，会使我完全失控。用一般的话来说，我昨晚离开了房间，现在卢克要拿来影带与我一起观看，我都不知道自己是否想看。我在心底默念着：不能再犯这样的错，下一次，我要照常规走。

我拿上被子，像个加速的魔术弹簧一样飞速下楼，踏了最后一阶两次，然后倒在沙发上。

我半梦半醒着，大门传来一阵急促的敲门声，与往常不同的是，这次我充满期待，几乎从沙发上飞了过去。而且我满脑子只想着，我看起来怎么样？

这倒是挺新奇的。

还有点令人不安。

不用照镜子，我就知道我看起来像被倒着拖过了一道篱笆一样。要知道我的蓝眼睛已经布满了红血丝，且被大黑眼圈包围着。我感觉自己戴着一顶帽子，这种感觉意味着我的头发大量堆砌在头顶，可能已经有对麻雀在上面安了家。

想到这里，我的身体突然变得很沉重，就像推着一个超大的钻机走过地毯。我行动迟缓，耸着肩，以类似一只超重的蜗牛的速度走向窗户，并数着脚底的擦伤。我好奇卢克是否能够坚持，如果我今天不回应，他明天还会来吗？他会继续写纸条吗？如果他开始问我关于学校方面的事情呢？如果他觉得我很可恶，很粗鲁，毫无理由地忽略他的敲门声呢？我不寒而栗。这才是我最担心的，而这也是最大最刺耳的声音，在我脑海中无孔不入。我既不可恶也不粗鲁，只是很复杂。

我踮起脚尖向窗户走去，从窗帘后朝外偷看，并努力把脖子扭到一个角度，那样，我不用把脸穿过玻璃也可以看到门廊。结果，我根本不必如此，因为有辆车停在前面，一辆光滑的有红色软顶的银色跑车。

谢天谢地，不是卢克敲门，而是里弗斯医生。

等等。

什么？我又看了一眼车子，我完全忘记她今天会来了。

我从不会忘记会诊的。

从不。

这也是从未有过的。

也更加令人不安。

医生再次敲门，我不得不放弃反思，冲过大厅。

"诺拉。"当我甩开门时，里弗斯医生吓了一跳，开门造成的阵风把她的头发吹得像褐色的火一样狂乱。赶在任何卢克跳出来打招呼之前，我抓起她的手腕，将她拉了进来。

"早上好。"我说，一边喘着气一边整理了自己的衬衫。医生眯起眼睛，脑袋微微向左倾斜。

"你还好吗？"她问。我盯着她的嘴巴，或者确切地说，是盯着粘在她唇彩上的头发。

"我一切都好。"我不停地点头，脖子都快断了。她的嘴唇是焦橙色的。她在办公室不擦这种颜色。我勾起手指，按响了一声指节，我真的需要她在把头发吃进嘴里之前将它拂去。

"诺拉，你在想什么？"

"哈？"我的眼睛仍然集中在她那不听话的头发上，指出它会不会太粗鲁？应该会，所以我没这么做。可是，头发里藏着那么多恶心的东西……她也许会想知道，她一定能察觉到。

"诺拉。"医生敲了几下她的手指，我调整视线，正碰上她投过来的关心的目光，"你在想什么？"

"没什么。"我膝盖向内，感觉自己像做坏事被抓住了一样。她深吸了一口气，张着嘴，却什么也没说。

对我来说不幸的是，里弗斯医生可不笨。她让沉默弥漫开来，反而用目光来询问我。

"什么都想。"我承认，"我无法集中注意力。"眼睛开始抽动，我挠了一下终于不痒了。应该就是这个感觉，这就是崩溃的感觉，"你的头发粘在嘴巴上了。"

"现在好了吗？"她边说着边把它擦掉。

我点点头，感觉前所未有的尴尬。

"我正在尝试这种新的东西，"她告诉我，抿着嘴唇，发出嘶嘶声，"这个色号叫秋雾，粘得像胶水，我很想把它扔了。还有……"她轻声笑了起来，"我知道你的脑子里想的不止这点化妆意外，说吧？"

我们走进厨房，她的鞋跟像马蹄一样敲着地板。我们一起在早餐吧台坐下，我感觉有点紧张。我在柜台的一边，她在另一边，周围的空间不知何故变成了警局讯问室的阴暗内饰。

"跟我聊聊吧，要像个朋友一样。"她敦促。

"有个男生。"我说，声音在颤抖，言语如此沉重，它们挣扎着滑出我的嘴唇。医生挑起了她的眉毛，一脸震惊，意料之中，毕竟没有人比我对这个进展更加震惊。

"他住在隔壁。我决定避开他，但我们老是狭路相逢，现在我不确定自己是否想要……避开他了。"

我的脸僵硬得像打了肉毒杆菌。"我可能想太多了。"我抛开椅子，站了起来，开始快步走，平日里这能帮助我思考，今天却让我头晕，我抓着衬衫下摆，想找到松散的线头扯一扯。

"诺拉，咱俩现在只是在聊天。我也许能帮你把这个弄清楚，至少让我试试吧。"

这就像砸碎了一座水坝，打开了洪水闸门，或者把火苗扔进了烟花盒里。我一开口，话就停不下来了。

"是我的错，我偷看了他几次，他看到了。然后杂货散落在走廊上，但是'帮手'已经下班了，于是他把它们交给了我。所以他肯定人很好，对吧？然后他给我写了一些信。不是情书，是些蠢东西，他很有趣。我撒谎说跟他上同一所学校，还说感冒了。"想象一下，哈姆雷特正在舞台上徘徊着，手放在胸前，念着一段史诗般的独白。我现在就是这个样子。

里弗斯医生由着我说，甚至没让我放慢语速也没打断我。她一边听，一边用拇指顶着下巴，勾起一根手指抚摸着不存在的山羊胡。

起初，我认为这意味着她无视了我滔滔不绝的漫谈，但是随后她解释道她在心里做着笔记。她说她不喜欢打断我恐慌的思绪，因为她知道我的嘴巴在直接引用我的想法，她想听到我的脑子里到底发生了什么。我觉得她很勇敢。

"我不可以告诉卢克我为何撒谎，是吗？我怎么能成为他的朋友呢？我怕他会嘲笑我。他和我聊过法国。"每当我提到法国时，里弗斯医生总是大大地微笑着，"我不能告诉他我不能去那儿，但当他说话的时候，他不会去想那些我身上看似奇怪的地方，因为他不知道。这很糟糕，但是我喜欢。我认为我是他的朋友，我认为我们是朋友，然后他邀请我去参加这个派对。很显然我也不能去参加，但不是那么明显，因为我的内心是想去参加的。"我有点儿语无伦次，因为我很激动。我将一只手放在心口上，抓住皮肤，因为那是我现在正疼着的地方，"我很好奇，不仅仅是因为我的大脑试图计算数以百万计的可能出错的方式，而且这次是不一样的，这次是有说服力的，有很强的说服力。它说服我离开房间，离开我的房间，我的堡垒，它使我靠近音乐。卢克站在我们门口，给我写了很多纸条，接着他说他想今天过来。他似乎对我很感兴趣，那么为什么'女王'

艾米想和他谈话时他却离开了呢？她什么都好，而且她没有逃避，所以他愿意和她谈话是合情合理的。她也许是正常的，所以我好害怕他会嘲笑我。"

然后是一片沉默，耳膜们欢欣鼓舞。

我在发抖，我没哭，可我想哭。我吸了一口气，把房间里所有的空气都吸干来填满我的肺，冰凉得就像深吸了一口桉树精油一样，感觉真好。我有一种解脱感，就像缠满绷带的整个躯干突然被解放了出来。

"我整夜都在失去理智，你能帮帮我吗？"

"当然，但首先，我得给你倒一杯水。"她说，踏着马蹄声走向水槽。

里弗斯医生喝了一口咖啡，我看着凝聚的珍珠滚下玻璃杯。除了咕嘟的喝水声之外，我还听到她思绪的轮子在转动。我无法抬头直视她的眼睛，因为我感觉自己一丝不挂。

"你还记得我们谈到过的神经通路吗？"她用指尖在桌子上比画，一根弯曲的树根向各个方向发芽。

"关于大脑是如何学习的，以及它如何将实例联系在一起，从而将这些事物相关联在一起的？"我相信不出意外的话，现在可以给她仍然画着的树根贴上"诺拉的大脑"的标签了。

我点点头，表示记得这段谈话。还记得当时在听到结论之后我马上就醒悟了，这是关于改变我的思维方式的一种方法。虽然听起来很简单，但是，不管我是否愿意承认，焦虑已经成为我最好的朋友了，它就像一个拐杖，帮助我在生活中蹒跚前行。就像学校里我讨厌的那个粗鲁的女生，但成为她的死党能让我受人欢迎。或者像是学校里的恶霸，与他做朋友意味着我不会被欺负。不这样的话，我不知道如何才能保证自己的安全。这就像人们说的那样，亲近你的朋友，更要亲近你的敌人。

"咱们说过要尝试改变这些通路，对吗？诺拉，认知疗法的秘诀是，它依赖于重复。可以这么认为，如果仍然坚持旧的想法，我们就无法创造新的通路、新的关联，对不对？"

当然，她是对的。

她开始用两根手指摩擦桌面，擦掉一些树根。"当咱们谈到人们如何看待我们时，你对我说过什么？"

"我不记得了。"我划拉着手背上的一块皮肤，划破了皮，摸到了血，血液黏稠，在我大拇指指甲盖下面聚集。我感觉不到疼痛，因为我已经麻木了。

"深呼吸。"里弗斯医生说。

"这次不一样。"我摇着头告诉她，因为我觉得在向他解释为什么我不能冒险跨越前门时，我一定会听到卢克的嘲笑。为什么我会计数，为什么我每天洗手一百次，为什么我会一连数日不吃东西不睡觉，为什么我有差不多四年的时间没有跟其他的孩子说过话了。

"什么不一样？"里弗斯医生进一步问。

"那个女生？"

"什么女生？"她试图从我的嘴里拉出话来，我已无法再推脱。

"感知女孩！"我喊道，"不被人嘲笑的那个。"感知女孩来自里弗斯医生在我们第二次会诊上给我讲的一个故事。这是一个工具，她用来使我看清别人在看我时都看到了什么。

"提醒我一下，为什么她不被人嘲笑？"里弗斯医生说着把杯子放在杯垫上。只是，她没有把它放在中央，我可以看到它倾斜着，这困扰着我。我一言不发，只是跨过桌子，把这个该死的东西摆正。

"因为她病了，而人们不会嘲笑病人。"我咬紧牙关告诉她。

"那你呢？"

"我病了！"我大喊，但不是因为生气，而是我试图让自己聆听。不，不是聆听，是听见，就像一名中士用同样的方式把指令钻进自己手下士兵的脑子里。

但随后我又生气了，因为我的头脑可以对一件事情如此精通，而对下一件事情却完全没有把握。

"诺拉，听我说。普通民众不会嘲笑一个被大脑挟持了生活的十七岁女孩，一般说来，人们不会嘲笑遭受磨难的人，而你正在遭受磨难。"

"我怎能指望人们同情一种他们看不到的疾病呢？"泪水刺痛了我的双眼。

"你不用指望任何事情，你要告诉他们，你要教他们。"

我摇了摇头，拉回椅子准备坐下，而最终却决定站着。加强控制，这就是我所需要的。不知何故，高度给了我一种优越感。

里弗斯医生在我们隐形的桌面树上绘制出新的根，这次没有那么多，而且也不那么弯曲，但也不稳定。我想相信她，因为我希望得到卢克的理解，就如我听到他的笑声一样简单。

"我害怕。"我低声地坦白。我总是害怕，但通常不会大声地承认。

"这个很重要，"她告诉我，"这就是为何你如此抗拒这项疗法的原因。你的大脑因为知道要创造新的通路来形成不同的想法而吓坏了，但你必须要把自己的一部分交付给未知的东西。"

"好吧，"我坐下了，"如果……"我的话被衬衫领子裹住了，其实我真正想做的是拉过整个领子罩住我的头，然后消失，但我没有。"如果他是那种混蛋，并嘲笑我呢？"

里弗斯医生拿起杯子，晃了晃，笑着说："我想你已经回答了自己的问题。"她往椅子的后半部分挪了挪，继续说道，"我曾经在一次会议上遇到过一个女人，她向我们讲述了她的青春期女儿的故事。她十分渴望和足球队里的一个男生在一起，然而他拒绝了她，因为他觉得她太丑了。两年后，她在大学里遇见了另一个男生，在她拿到法律学位之后，他们结婚了，并且生了三个孩子，在郊区过着幸福的生活。这个故事的意义何在？"

"因果关系。"

"完全正确。我们可以做最好的假设，可是无法决定人们如何看待我们，但是我们可以决定这些观点如何影响我们。"

我盯着桌子上的树，意识到自己是一个伪君子，因为我在卢克有机会评判我之前就对他进行了评判。说着说着他就来了，他开始敲门，声音在我的房子里回荡。

"你比你想象的更能控制这一点。"里弗斯医生站了身，"不要忘了，你现在在假设自己必须放下你的人生故事，可你没有。无须说任何违心的话，你平日空闲的时候肯定看过很多书和电影，也听过很多音乐和语言。现在请他进来，随便聊一些你知道的就好。"

"但是如果我必须修正他倾斜的咖啡杯呢？或者他一咬脏指甲，我就开始反胃？这样一来，他就会知道我是个怪胎了。"

里弗斯医生给了我一个眼神，我感觉脸上挨了一巴掌。"我还以为咱们禁止这个词了呢？"

"我把它救活了。"

"好吧，我要杀了它。这次是永远。只要……做你自己就好。"

"真是个糟糕的建议。"

卢克第二次敲门的时候，里弗斯医生笑了起来。

"马上就来。"我将手当成扩音器，在大厅里咆哮着。

"你知道我讨厌什么吗？"里弗斯医生看着她在冰箱门上的倒影问。她用尖尖的手指捏住鼻梁，轻弹几下鼻尖，然后把它折起来。"我讨厌自己的鼻子，它太大了，占据了脸上很大一部分面积，并且它是球状的，所以我希望自己有胆量把它整好。"

"什么？"我没看出来有什么问题。她的鼻子很小巧可爱，就像个小按钮。"不，才不是。"我立即反驳道。

"啊哈。"她指着我，张着嘴巴，脸上一副"抓到你啦"的表情，"你不能总是主观地看自己，记住这点。相信我说的，只要做你自己就好了。"她走到我的面前，表现出极其谨慎的态度，然后把柔软的手放在我的肩膀上，"别忘了，我手机号码没变，随时打给我，好吗？"

我点点头，卢克再次敲门。我立在那里，眼神穿过桌子，看到了一个装有粉红牡丹的花瓶和看起来比平时长了一倍的大厅。

"你得开门了。"里弗斯医生边从后门离开边低声说道。

16

里弗斯医生一番鼓舞士气的话就像是给我提供了燃料，我重新动身走向门口，体内的勇敢没有任何要燃尽的迹象。

与医生在家交谈与以往是不同的。我的意思是，我知道她很聪明：她的办公室墙上挂着学术成就，书架上排着她撰写、共同撰写的或咨询过她的书。但在她办公室里，我无法全身投入。今天在这里我注意到，她拥有那些末日电影中美国总统的活力，说服人们为了普罗大众的利益而牺牲自己。我敢打赌，她业余时间里肯定会在类似"做更好的自己"的会议上发表激励型演讲。

我做了一个深呼吸。"普通民众是富有同情心的"，在我打开门锁的时候，这句话闪现在脑海里。

证明给我看，我的大脑在嘲笑。

"我会努力的，如果你能让我独自弄明白。"我骂道。

"诺拉？"

该死！我一边遏制住把脸栽进门里的冲动，一边发誓自己永远不会再让激情提高本应放低的音量。

"请再等一下。"

扭了扭肩膀，我的腋窝开始大量出汗，昨天的除臭剂被激活了。这只是一个树根，一个我必须要画的小树根。带着这个想法，我打开了门。

"嗨。"他咧嘴一笑，我就被迷倒了。

他看起来像男子天团中的一个巨星，行星般大小的绿眼睛在厚厚的黑色睫毛下闪闪发光。他瞥了我一眼，笑容充满了挑逗的意味，是不是故意的，我还不确定。

他头发上涂着东西，让自己的卷发看起来更湿润的那种东西。一束不羁的卷发从一片头发中挣脱出来，垂在额头的中间。如果我抓着他的发尾拉起来，让它像弹簧一样反弹回去是完全不妥的，对吧？那当然！于是我将双手拧在一起，以防它们肆意妄为。

他身穿白色 T 恤，贴身得像第二层皮肤，还有宽松的绿色衬衫，袖子卷到了肘部，胳膊下夹着一堆 DVD。而且，他闻起来像令人垂涎欲滴的冬天和甜蜜香料的混合物。

垃圾，这就是相较之下我的样子——在炎热的夏日阳光下曝晒了十天的垃圾。我没梳头，没洗脸，也没刷牙，现在我正对着二十四小时时效的玫瑰香型爽身粉而感到压力爆棚。

微笑带过吧。不，不能微笑带过。

我抬手遮住嘴巴，以此为盾牌。牙齿不干净时，我笑不出来。而且我喝了橙汁——除了咖啡以外，在喝完第一口后几个小时内仍然可以从口气里识别出来的一种液体。

"现在不方便吗？"卢克问。

我摇了摇头，试图用闲着的那只手捋顺头发，却被打的结卡住了。本应是小心机，结果却变成了一个短暂的拔河，以一块刺痛的头皮和一把松散的头发结束。我在内心尖叫着，强忍着疼痛。

"我可以晚点再过来？"

"不！"我大喊。

等待他出现已经费了我半条命了，如果还要我再等他一次，我可能就彻底没了。我的身体无法在短时间内承受另一波焦虑，所以我只能修复它。"你能再给我一点时间吗？最后一次，我发誓。"没等他回答，我已经砰地把门关上了。

当我意识到这行为有多粗鲁时，我已经上了一半楼梯。他在这里才待了不到十秒钟，我却已经可悲地做不到举止正常了。心里的怪物不但没死，反而非常生龙活虎。

我看着门，觉得回去向他解释为何不能让他独自坐在我家楼下，比就这样继续下去更浪费时间。算了，五分钟就好。

我冲进浴室，牙刷在橱柜的塑料盒子里。我一共刷了五十二下，上面二十六下，下面二十六下，我无法在这点上妥协，但是我以两倍速擦洗了脸，然后像颗加农炮弹似的回到了楼下，踏了最后一阶两次，差点儿摔断腿。

等不及停下来喘气，我就急着打开了门。我不知道是否有一部分的自己期待他不在那里，但是他还在，和第一次一样。

"嗨。"他又说。

"嗨。"我回应道，不再担心早晨的口气把他熏晕。

"怎么样？"我的声音很奇怪，有波士顿口音，不知道为什么，我从来没有去过波士顿，也不认识那里的人。

抽筋开始了，猛击着我的脾脏，我不得不靠在门框上，像醉鬼吸回威士忌那样咽回气体。

"你还……"他开口，停顿了一下，回头看着他的房子，"也许我应该晚点再来？"

"不，拜托。你真的不必那样做。"我没意识到这听起来有多糟糕，因为我忙于忍受盆腔疼痛，但当我看向他的脸上满是痛苦时，我立马就意识到了。

"哎呀。"他挤出一个变了形的微笑。

"哦，不，不，我不是这个意思，我很抱歉，我的意思是……"不知短时间内如何解释，我的大脑已经停止转动，它卡住了，就像划伤了的 CD 一样。"我的意思是……我的意思是……这是什么……我只是想……"我眨了眨眼睛，仿佛看到自己的脑袋爆裂，然后有大块的灰色物质沿着墙壁往下掉。

"诺拉。"卢克咧嘴一笑，我身体里某个东西在惊叹，"没关系。"

我不确定自己第一次希望有男生来家里会不会演变成我的一个劫数。

我不知道该说些什么，身上所有的盔甲已经开始剥落，它像蛇皮一样又薄又脆，然后被风吹散。卢克低头，盯着他的查克·泰勒鞋。我也盯着它们，立刻就被强有力的悔恨狠狠地按倒在地。它们的鞋带绑得不一样，只是有一点点不一样。左边鞋子的某一节鞋带不像其余的鞋带一样穿插着，它呈十字交错。我试图用指甲挠脖子以舒缓突如其来的发痒。

别想了，这无关紧要。别想了，这完全不重要。

"咖啡。"我脱口而出，他很惊讶。"我的意思是，咖啡……"我重复，像普通人一样招呼着，"你要来点儿吗？"

"好啊。"他点点头，我走进厨房。他那鞋子的橡胶底，他那绑错了的鞋，跟在我后面吱吱作响。

别想它了。

你曾经忍住过这种痒吗？从后背中央散开，正好在肩胛骨之间的你够不着的那种？卢克不整齐的鞋带给我的感觉就像这种痒，我无法忽略。

在柜子里到处找着杯子时，我能感觉他的眼神在我背上灼出了洞。

"你要加点什么？"

"什么都行，我不挑剔。"

哦哥们儿。

"所以，诺拉……"他说，我递给他热气腾腾的马克杯。他平时啃指甲，因为它们看起来很脆弱而且豁着口子。我盯着他的手指，在就快碰到它们时我缩回了手指。他似乎没有注意到。"你在这里住了很久吗？"

"啊哈。"我点点头，本可以给他更多的答案，但是我全部的脑力都在阻止嘴巴提起他不整齐的鞋带。我的眼睛在压力下抽搐着，就像一个与朋友分享秘密的小孩似的，假装锁上自己的嘴。

"那有多久了？"卢克问，他不会轻易放过我。

"十七年三个月零两天。"我嘀咕道。他扬起眉毛，吹出一个长长的高音口哨。

"这儿，"我抓起一把椅子，"坐下吧。"我希望他能把脚埋在桌子底下，这样我就不用想那些该死的鞋带了，然后我的行为就能恢复正常了。

一旦生出一个无奈的想法，我就不得不把它贯彻执行，没得商量也无法忘记。我无法耸耸肩，之后再绕回这个点。这个想法不断地涨大，就像一个充满了气的气球，它会膨胀到无法承受的地步。

卢克开始谈论什么，音乐还是电影。我看着他的嘴唇呈各种形状，却听不进任何声音。

"诺拉？"过了一会，他在我眼前挥了挥手，我被急剧地拉回现实。听见手指在平板上敲打的鼓点声，我立即把手掌摊平，使它停下来。

我清了清嗓子，抠着手指一侧的结痂直到刺痛。"你刚才说什么？"

他停下来，张大了嘴巴，用激动的眼神盯着我的双眼，试图看穿我的大脑。当然了，即使被他看穿了，他也永远搞不清楚我到底在想什么。

"我要走了。"他站起来说。

该死的，狗屎和地狱，以及那些尚未发明的用来形容我有多沮丧的诅咒词，都不足以形容我现在的心情，因为我知道自己已经搞砸了这次见面！

"卢克。"我也站起身，我站在边上，脚趾蜷缩在另一边，不知道该说些什么。于是，我咬着手指，没有开口。

"有什么问题吗？"他问。他没瞎，他能看出我的崩溃，它把我的皮肤漂白成一种明艳的颜色。如果恐慌症是一种颜色，它肯定是霓虹粉，你从外太空都可以看清它太过明亮的色调。

我点头。

"你想谈谈吗？"

"还不想。"

"还不想？那么以后呢？"

"这真的……很复杂。"

"你打算告诉我你有超能力？"我无法判断他是真笑还是假笑。

告诉他，告诉他吧，告诉他一切，你也许还能从这场滑稽的表演中挽回一些东西。

"我很尴尬。"呃。即使这么小的坦白沿着舌头爬出来都像呕吐。

"我知道。"他说。

"你知道？"

"好吧，你确实花了很多时间躲在门后面。"

"不能哭，即使你的眼睛生疼。"我在心里这样对自己说，虽然还有一股歇斯底里的情绪鲠在喉咙里，但绝对不能哭。"你想知道一个秘密吗？"卢克问。

我至少应该开口回答他，而我能做的只是点头。

"我也很尴尬。"

他在哄我，我的心跳又加速了。他真好，我拼命地祈祷自己的大脑能休息一下，不再想他，不要再猜测他的情绪。

"我会给你一些空间，但是我们很快就会再次跟彼此说话，对吗？也许我可以坐在你的门廊边，你可以把门关上。"他伸出手来与我握手，我退后以躲避接触。接着盯着他的手掌，像看着一把上了膛的枪。他慢慢地缩回手来，塞进自己身后的口袋里，我咬着下嘴唇，强迫自己睁开眼睛看他。我很惊讶，还以为自己会看到怨恨的眼神，可他看起来不生气也不愤怒，跟我预想的完全不一样。他看起来有些伤心，也许是为我感到难过，或者在为他不超过半杯咖啡的友谊默哀。无论如何，所有的这一切都只是因为一根鞋带，有时候我都怀疑是否应该把自己锁在紧身衣里。

"不用送了。"卢克说，然后径自朝大厅走去。

门咔嗒一声关闭，我立刻就想在 eBay 上网购前脑叶白质切除术。

17

"我讨厌你，我特别讨厌你！"我咬紧牙关对着自己的影子发火。泪水滚落我的脸颊，一颗，又一颗，滴落在衬衫上，形成了我不敢尝试破译的罗夏图案。

一股久违的冲动正在胃里燃烧，我深吸了一口气，空气里像含了一定浓度的焦油。我抓着瓷盆，倚靠在水池上。大事不妙，我觉得自己在盘旋上升，自己却无法控制。

恐慌是糟糕的，带着轻蔑的恐慌就更糟了。

也许我可以坐在你的门廊，你可以关上门。

这话很烫人，烫得我的耳朵流血。不知道他对艾米这样说过多少次。

从来没有，一次都没有。天啊！我真是个怪胎，我想从皮肤里爬出来。

房间在起伏着，这里没有人，可是我觉得身上有很多双手，将我推来推去。我的脑袋嗡嗡作响，牙齿开始颤抖。

大部分时候我都可以度过恐慌，我只需蜷成一个球，静待它结束就可以了。我肯定它总会有个尽头的。抛开身体反应不说，它是可控的。但是，当它与愤怒一起袭来时，掌控力就会变得遥不可及。

我打开浴室柜，伸手去拿指甲剪，还没拿到就栽倒在了地板上。

也许我可以坐在你的门廊，你可以关上门。

"嘘。"我用手指按住嘴唇，试图平静大脑，但是呼啸声仍然持续着。静电在脑海里肆虐，夹杂着与卢克下次谈话要保持三米距离的承诺。

我的身体向后倾斜，浴缸的边缘透过衬衫渗来寒意。我把双腿分开，手指滑过大腿内侧，摸索着肿块和小伤痕。

"请停下。"我把脸埋在手掌里，用手掌根部按压眼睛，直至能看见彩色的斑点。

卢克离开时走了十六步，八个是绑着完美鞋带的脚步，八个不是。不是因为鞋带，不完全是。它们只是催化剂，一座让我看到自己全部碎片的显微镜。为什么我不是正常的？为什么我不能像普通人一样思考？我本来拼命地想和他做朋友。

手里握着剪刀，我想起三年前第一次坐在这里的情形。我造成的第一个伤口是因为害怕参加一场物理考试，那时我已经离开了卡蒂诺学校，和妈妈一起在家接受教育了。

大多数进入考场的孩子都是在为挂科而担忧，但我不是，我不害怕那个。挂科根本不在我的考虑范围之内，我的恐惧源于这一切带来的紧张。我一直想象自己坐着，有严格的条件，不能动，不能来去自如。

我从精神上把自己铐在了椅子上。

然后，那些"如果"就开始了。如果发生这种情况呢？如果发生那种情况呢？如果？如果？如果？太多我无法回答的问题，而我只想要安静。

我觉得用金属柄拖过皮肤后的释放感很奇怪，就像紧急制动刹车，在感到刀片划伤皮肤时，我的大脑立马陷入死寂。脑中所有嗡嗡作响的接收器都会忘记恐慌，专注在疼痛感和流血上。这是极端的，最后的手段。在没人看见的地方快速一划，一切就停止了。这无关死亡，我也无须感受什么，因为我已感觉到了一切。这是个试图夺回掌控力的故事。

双手颤抖着，我将毛衣从双腿上撩起，把短裤撸起来，然后把大腿上的皮肤拉紧。以前的疤痕已经褪色成容易被认作是蜗牛走过留下的银色凸起，我将刀刃缓缓靠近大腿，眼泪眨了出来。

尽管我的思维极度脆弱，强迫症仍坚持对偶数忠贞不渝。它不会让我做第五个标记，所以我沿着四个现有伤疤中的一个滑动刀片，一股血涌出表皮后，我松了一口气。

它就像一个巴掌，一次麻醉注射。我把它想象成恐慌和冷静之间无休止的拔河，自残是一个公正的旁观者，会站出来用尖锐的东西切断绳索。绳子一断，两队人马就会飞出去，疲惫不堪地在地上倒成一堆。

问题是，现在它结束了，我却希望它消失。我不想看到或感知到它，或感知到我如此需要控制，以至于割伤自己。但我不得不感知它的存在，每当我站在浴室里，每当我的裤子碰到它，或者每当我换衣服而妈妈走过门口，我就像兔崽子似的跳来跳去以掩盖自己时，我都无比清醒地知道它的存在。

血液滴落在我的腿上，很痒。我背过手，拿起浴缸旁边的海绵，压在伤口上。恐慌结束了，轻蔑却长大了三倍。

我赢不了。

18

天黑了。感觉到腰带下嗡嗡作响，于是我睁开了眼睛。皮肤传来阵阵凉意，提醒着我屋里正开着空调。我穿着短裤躺在冰冷的地板上，嘴巴像棉纺厂，比木屑还干燥，仿佛十年来没喝过一滴水。我要喝水。

再次感觉到嗡嗡声时，我正想站起来。我很快地意识到是手机，不容迟疑，我立刻拿起它放在耳边。不用费心看来电显示，不需要，因为我只想听到另一个声音，不管是谁的。

"诺拉？"

"妈。"我声音嘶哑。

"你的声音怎么了？你在哭吗？"

"没，没有。"我否认。言语像砂纸般一层层刮着我的喉咙。给我忍着，我不能让她担心。我希望她能尽快好起来，然后回家。如果她在我身边和我说话，我就不会伸手去拿剪刀，就不会流血，也不会在泪水里晕倒在浴室的地板上。"我只是有点喉咙痛。"

"可能过敏了，你打开窗户了吗？"

天啊，我想我妈。

我舒展着身体，骨头没吱吱作响真是奇迹。原来自己居然有肌肉，它们正为自己被砸倒在地上几个钟头而提出抗议。

我站了起来，血凝成了胶水，两腿之间的海绵粘在了皮肤上。不剥下它是因为伤口只会又开始流血，我最不想做的就是处理伤口。

我快速下楼，踏了最后一阶两次，然后瘫倒在妈妈的躺椅上。

妈妈询问我学校作业的情况，即使在车祸的创伤里，她依然记得关于《麦克白夫人》的作业明天就要交了。我的身体的球形变的更紧凑了，我希望自己能告诉她，作业已被退回来了，而我在等待成绩。但我不能，我现在连自己的名字都写不出来，更别说一千五百字了。我挤出一声哼，似乎妈妈把它当成了一个好的信号，因此没有进一步地追问。她怎么会追问呢？我是个三好学生，所有的作业都是提前完成，从不迟交。谈话继续着，我很感激，她开始谈论正在播放的电视节目。我把椅背上的针织毛毯扯下来披在身上，在她终于提到回家时松了一口气。

今天周一，新的一周的开端。只要是一个新的开始，我就有机会做我周五没做的一切了……

或者不做？

我不记得上一次感觉这么糟糕是何时了。

等一下。

不对，我记得。

那是我上次在剪刀里寻得安慰的第二天。

我没有拥抱生产效率，相反，我表现得像一个懒汉，拖着身体在房子里走来走去，试图将自己埋在一件超大号的黑色毛衣里。我现在是悼念模式，把沙发当作床，任由白天的电视节目烧坏脑袋。苦难用一层很厚的铅掩盖了一切，甚至把最简单的任务都变得艰巨无比，所以我已经无心做任何事了。从好的方面来说，我已熟练地不看窗外了，转眼就已经从勤奋的观察者转变成了勉强能抬起头来的人。

里弗斯医生在午餐时间往我家打了电话。起初我让机器接听，但后来她开始嘀嘀咕咕，说可能会把她最后一个客户的约见挪到周二早上，然后提前下班过来看我。

才不要。

那将是最糟糕的。我看起来像是从十年的死亡中苏醒过来，闻起来也像。现在的病情简直一目了然，不能让她来见我。

我滚下沙发，爬到电话旁回电话。假装自信很容易，我编了一些关于让我的大脑忙于做家庭作业的鬼话，然后假装像顺从的小媳妇看着自己刚做好的奶酪蛋奶酥一样兴奋。这两个都是谎言，但是十分钟后她就放心了，然后我恢复了在沙发上像人体模型一样的生活。

第二天早上，我睁眼醒来，对着天花板咆哮，因为有一个乌鸦乐队正在窗外校准它们的和声。我转过头，也对着它们咆哮。它们很幸运，在我想买弓箭之前就对射箭失去了兴趣。我伸着懒腰，翻身看向壁炉上方的时钟。哇，上午十一点了，我得起床了。我不想起，抑郁像块冰冷的混凝土板块压在我的胸口。可老妈今天要回家，所以房间需要换气，而我必须让自己看起来不那么像个活死人，不能让她知道我退步了那么多。裤子重新回归到我的日常生活里，几乎在同一时间，我就不再需要靠一把指甲剪来寻求掌控力了。

接着，我在沙发上又躺了十分钟，依偎着毯子，听着肚子咕咕叫的声音，它一定是觉得我的喉咙被割破了，所以才不进食。我好饿，但是我的内脏太紧太疼了，什么也吃不下，就像胃病还没好一样。可我要是不吃东西，大姨妈就会停止，我不能让这种事再次发生。那是老妈除了预约第一次致电里弗斯医生，里弗斯医生还推荐了些酸臭的口服液，使我不得不花费一周的时间强迫自己咽下去。

耍小性子让清理房间变得比一个世纪还要漫长。我嘴里叼着片吐司，急躁地走来走去。一次拖一大坨被单，回到我那被阳光照耀，已然变成了烤箱的房间。我满腹怨气地把被子的四个角叠起来，把枕头打得蓬松，再放回床上。接着我打开壁橱门，有几只蝙蝠从里面飞了出来。那里有个巢，与房间的其他地方形成鲜明对比的是，它比停尸房还阴冷，一点儿阳光也接收不到。我穿上牛仔裤和薄毛衣，嫌弃着每一丝冰冷的纤维。

开始走下楼时我喃喃自语的咒骂就跟着开始了，但敲门声一响起我就立马打住了。敲门声又响了一下。

"妈。"我想一定是她。希望她没有敲太久，也许我应该把门闩放下来。我穿着袜子滑过地板，解开锁，喜笑颜开。

那不是我妈。

"你不在卡蒂诺学校上学。"是卢克。我不由自主地后退一步，畏缩在毛衣袖子后面。

"什么？"

"你说自己和我上同一所学校，可你不是。"他的语气听起来并不像在生气，这我就不明白了，因为他现在知道我撒谎了。"我猜你前几天也没感冒吧。"两次，现在他知道我对他撒了两次谎。"你那时跟我说的是法语，对吗？"

"你……调查过我吗？"我的牙齿快咬破拇指边的皮肤了。

"没有，"他举起双手，就像我刚刚鸣枪警告了一样，"当然不是。是这样，我和那个叫西蒙的家伙交上了朋友。"派对上的那个家伙，那个戴着喇叭眼镜开着尼桑的家伙。我就知道他的名字叫西蒙，但我没有分享这个发现，因为现在不是奖励自己布朗尼的时候。"他记得你。"

"嗯……"我说不出来，因为我被抓到撒谎了，但也有一点是因为我被母亲以外的人记住了。

"他说他记得你在课堂上崩溃了。"

我清了清嗓子，盯着脚面，脚趾们已经勾了起来。

"被你抓到啦？"我希望自己看起来像他让我发现他装作会说法语一样可爱。

"有趣的是，"他笑了起来，"西蒙说，那都是四年前的事了。"

"应该说是四年三个月零十天前。"我纠正，好像这能帮上什么忙似的。

"所以这一切都是真的吗？"

我点头，咬着嘴唇，直到刺痛让我眼泛泪光。

"好吧。"卢克最后说，可是他脑子里还有别的东西。他开始坐立不安，把重心从一边换到另一边，眼睛四处张望，就是不看我。

"怎么了？"我竭力温和地挤出这三个字。

"你病了吗？"经过长达千年的尴尬岁月后，他问道。这不是我想象中自己的疯狂暴露在灯光下的任何方式之一。"我的意思是，你不需要回答。我只是有这种预感……"

"是的，"我打断道，"但我敢百分之百地肯定这不是你心中所想。"心理疾病通常是人们想到疾病时最不愿提及的地方。

实际上，我是一个身材高挑，苗条，拥有金发和幽蓝色眼眸，以及祖母常说的最甜美的笑容的人。在过去的四年里，我听别人说"你看起来不像有精神病"至少不下六次了，有几次还是从我以前的朋友那儿听到的。我怪罪媒体，滥用"精神病"称呼自曼森疯子之后的每个杀人犯。人们似乎总是在期待一双睁大的眼睛和一把滴着血的菜刀。

"你究竟以为我在想什么？"他问。人们很少挑战我，或者应该说，我从不让人们靠得这么近去尝试。他看着我，眼睛眯成一条缝，突然间，我不知道他脑子里在想什么。

"我……我不知道。"

"我可以进到屋里去吗？"他今天穿的是靴子，没有让我抓狂的不对称鞋带。我幻想我们坐在那里喝咖啡，我很正常，没做任何让自己难堪的事。如果老妈回来看见我正在和一个男生聊天，她会吓到的，不过肯定是好的那种。"其实我也不一定要进去……"卢克打破沉默。

"不，"我低声说着，咬着手指，感觉自己脸颊被火吞噬了，"你可以进来。"

19

我的手在颤抖，我将卢克的咖啡放在桌上，勉强不让咖啡从杯子里洒出来。"你太紧张了。"我把咖啡杯放在他面前的杯垫上时，他说。

我把手缩回毛衣里，他看到我局促不安，便不再提起，也不急于撤回这句话。他仍然盯着我，目光狭长而好奇。有一瞬间我以为他在里弗斯医生那里上过"如何分析你的研究对象"的课。

我坐在他对面，脚放在椅子上，尽可能地把自己缩小，膝盖都快够着脖子了。

"对不起，我骗了你。"我说道，然后拼命地压制令人窒息的沉默。

"没有，"他说，"没关系，你不用告诉我任何你不想告诉我的事。"

我想也许自己想告诉他一些事情，但不知道具体是什么。舌头蠢蠢欲动，这是一种渴望却不可预测的感觉，仿佛我一开始说话，就不知道什么时候能停下来似的。

我掠过膝盖，看着他的眼睛，他笑了，足以抹去冬天的痕迹。

"你为什么来这儿？"我问。

他的凝视刺痛了我，我的余光发现他的手指在桌上抽动着跳舞。他还抖着腿。振动通过地板传递过来。没到我那种程度，比我可差远了，但我还是因此吓了一跳。有时我会过度地关注自己的反应有多异常，而忘记在某些情况下有点恐慌是被允许的。

"说实话？"他说。

我点点头。

"一开始我觉得你很可爱……"他咧嘴一笑。我躲在膝盖后面，这次不是因为害怕，而是因为我的脸红了。我觉得我脸上的温度能把大气层升温一千度，于是便躲在毛衣袖子后强忍着笑意。

"一开始？"我问，接着抬起眼帘，刚好能够看到他的嘴巴移动，过了一会儿我才敢再看着他的眼睛。

"我的意思是，我仍然认为你很可爱，但是……我不知道该怎么说。我很好奇，对你好奇，然后……"

"然后？"

"我说自己很尴尬的时候，并没有撒谎。"

"你办了一个派对，然后来了上百号人。"我对高中聚会了解不多，不过，能叫来一屋子的人肯定意味着你是一个受欢迎的孩子，我不知道受欢迎的孩子竟然也会感到尴尬。

"是啊……可我的确觉得尴尬，所以最终跑到这里来，和你说话。"听到这些话，我大腿上的新伤口不约而同地疼了起来。

"我想我更倾向于不同频道的人。"他耸耸肩说。

"你认为我是怪人？"我问道。很显然，我的特殊技能里还包括断章取义。

"我没这么说。"他很坚定。

"但是如果……如果我是个怪人怎么办？"

他思量着，而我一再地挠着颈背。

"你吃过抹着沙拉酱的奶酪苹果三明治吗？"

我有点反胃地摇了摇头。不知为何，我发现自己身体在向前倾。"你吃过？"

"一直都吃。可以说是我最喜欢的三明治了。但每个知道这件事的人都告诉我这很奇怪。"

"才没有。"我辩护道。想到他有点像我，我的心都痛了。事实上，他不需要我的任何安慰。

"我完全同意。你猜我意识到了什么？"

"什么？"

"当人们说奇怪的时候，他们真正想表达的是不同，而不同从来都不是一件坏事。"

他很聪明。我喜欢聪明，就像我喜欢风趣一样。

"我想当你弄清楚我的具体情况时，你就会失望了。"我并不想在他的友谊狂欢中泼冷水，我只是有这个难以遏制的冲动，想要警告他我的存在是一件让人很苦恼的事情。不是刻意煽情，事实上，对我的完美程度有期许的人会很累的。

他对我摇了摇头，浅浅地笑了。"你总是这么悲观吗？"

"你难以想象。"

我的话语像烟雾一样悬浮在空中，如此的厚重，我们还能呼吸真是奇迹。

"诺拉，我只想和你做朋友，你愿意让我做你的朋友吗？"

"我愿意。"

他的微笑点燃了我的厨房。

"好吧，"他站了起来，拍拍大腿，从口袋里掏出一沓纠结的钥匙，"我得回学校了，因为我的空闲时间要结束了……我能给你留个电话号码吗？"他一边问一边朝冰箱上的记事本走去。

我知道发生了什么，我只是不敢相信。

一个男生正在我的冰箱上写他的电话号码，我咽下心里的尖叫声，等他写完。我收到的第一个男生的电话号码现在正写在我的冰箱门上，周围无人可以分享。我想打开门，朝街上尖叫，但我不能，毕竟谁能想到一串数字会引发这么大的兴奋呢？

我们默默地朝门口走去。"稍后再聊？"卢克说着走出门廊，并伸出手来，"我们还不握手吗？"

凝视着他伸出的手掌，我想抓住它，感受他的皮肤贴着自己皮肤的温暖触感，可我已经想知道他上一次洗手是什么时候了。做假设是不公平的，但我无法阻止。强迫症摧毁了任何肉体能提供的浪漫观念。

深呼吸。"也许……也许下次你来的时候，我可以告诉你为什么。"等一等……什么？那是我吗？我刚才是这么说的？听起来像我，但那不是我想说的。我不由自主地摸了摸喉咙，检查一下，看是否还是热乎的。

"真的吗？"他看起来很兴奋……

我凝住了，能感知到蝴蝶拍打翅膀给我的肋骨带来的冲击。

现在把话收回来还不晚。

可我不想。

这倒挺新鲜。

还带有一点点不安。

掠过他的肩膀，我看见一辆黄色的出租车停靠在路边。妈妈坐在乘客座上，眼睛睁得大大的，试图记住眼前有个男生站在门廊上的这一幕。我不确定自己闻到的是汽车尾气还是她燃烧的好奇心，她没有把脸贴在玻璃上真是奇迹。

"下次聊，邻居。"卢克蹦着跑下车道，在妈妈爬出出租车时跨过黄杨木树篱。车门声回响在克雷森特街道上。

瑞秋·迪安，又名我的妈妈，一个像泰坦尼克号一样坚强的女人，即使车祸也动摇不了她的灵魂。她那鲜红的头发被扎进脑袋边的太空包里，打扮得像一个科幻小说里的人。她瞪大眼睛看着我，仿佛被一个巨人拖着，匆匆地向房子这里走来。她看上去很好，是真的很好。在过去一周多的时间里绑在我肩膀上的巨大的结终于解开了，我感觉手臂突然有三米长。

"诺拉·简·迪安！"妈妈太兴奋了，竟直呼我的全名。我真的非常期待向她展示他的电话号码，等我的肌肉不那么紧张了就指给她看。"这是那个开派对的男生吗？"妈妈问，我点了点头。"他很可爱。"她大声说，转身对正在路边停下车的卢克招手，他也挥了挥手，然后开车走了。

"你没事吧？"妈妈问道，轻推着我的肩膀，"看起来有点苍白。"

"我没事。"我一边回答一边倒在她的怀里给她个熊抱。

20

"亲爱的卢克……"

我第一千次点击删除键。他是谁，我的律师吗？除非付给对方一大笔钱来让他读信，没人会在信息开头写"亲爱的某某"。

"卢克……"

差不多五个小时过去了，我就写出来这么点儿。

我躺在床上，盯着天花板，平衡着鼻尖上写着卢克电话号码的纸条儿。每次我呼气，它都会飘走，我把抓住它当成一种游戏。

"敲门，敲门。"妈妈把脑袋探出我的房门，我赶紧把这个纸片拿开，主要是为此感到难为情。"我要睡觉啦，"她说道，"我等不及要回到自己的床上去了。"她睡意蒙眬，一边说一边想着自己毛茸茸的毯子和柔软的床单。

"你回来了真好。"我发自内心地说。

她看着我，迟疑了一秒，直到她那双充血的眼睛发现了我地板上的手机。它大概一小时前从床上掉了下去，我还没来得及捡起来，一种无所谓的态度从我毛孔里渗出。

"啊哦。"妈妈走进房间，"他还没回你的短信吗？"

"没有。"我坐起身，清了清嗓子，手指交叉在一起，"但是，他也没法回复我，因为我还没给他发任何信息呢。"

"这样啊。"妈妈回答道。她捞起手机然后坐到我的床上，那微弱的工业用强力消毒剂和杀虫水的气味仍然附着在她的衣服上。

"电视并没有教会我如何在现实生活中与男生们交谈。"

"我是不是漏了什么？"妈妈迟疑着。

"不是！"我大叫道，"才不是。"她能帮我做什么呢？在说服我世界末日尚未来临之后还要给我提供一些关于男生的建议？在确保我吃东西不会噎着时还要给我讲解约会礼仪？"你做的已经够多了。"

而且老实说，两周以前，我与任何除了她、里弗斯医生以及援助中心的员工以外的人说话的可能性都几乎为零，至少在我可预见的将来里是这样的。两周以前，原本还有无限的时间和我谈论关于男生的话题。两周以后，一切都变了。

"也许我现在能帮上忙，你在想什么呢？"

我皱着脸，给了她一副表情，那种"你有六十年的空闲时间来跟我过一遍清单吗？"的表情。

"好吧，"她回答，似乎读懂了我，"那么你最大的恐惧是什么？"

"有两个。"

"告诉我。"

我数着手指头说："我不知道何时发信息才好，比方说，我在想如果今天发会不会太快了？"

"当然不会，你没看到那个男生离开时的笑容有多灿烂吗？任何时间都是对的时间。"她笑得鼻子都皱起来了，我喜欢她说起男生时那久违了的南方口音。

"你撒谎。"

"我发誓。那个男孩儿想让你给他发信息，我敢保证。"

"哈。"我的眼睛变得迷糊，思绪迷失在对卢克的思念中，他的笑容，他的眼睛，他的手臂，他的 T 恤紧贴着他身体的样子。打住，妈妈用手托着我的脸颊。

"需要我给你个冷敷袋以防晕倒吗？"

"哈哈。"但说实在的，这也许不是个坏主意。房间里很热，我不得不把毛衣脱掉。

"你刚刚说到哪儿了？"

"哦，对，第二大恐惧是……我怕自己说错话。"

妈妈轻声笑了起来，这可不是我所期待的反应。"嗨，你笑什么？"我用肩膀轻轻地推了她一下，"我是认真的。"

"啊，宝贝。"妈妈说着，手捂着我的脸蛋，并掐了一下，"你知道这意味着什么吗？"

"可怕吗？"

"不，是完全正常。"她一边说一遍用手指在空中比画出引号框住"正常"。我们这里的人总这么做，她和里弗斯医生一直都这么用指头来比画那些词的定义。"这世上你这个年龄的人没有一个不担心这些的，到底是不是坏事，没人知道答案。你只能做你自己，做到你认为的最好就行了。"妈妈亲完我的额头，起身准备离开。

"仅此而已？"通常她的建议都比这个有帮助多了。

"仅此而已。"她耸了耸肩，手掌拍着大腿，"你慢慢会知道该怎么做的。乐在其中，做你自己，这就够了。"她的语气里全是戏谑，我很惊讶她没在消失在走廊里之前对我眨眨眼睛。

"啊！"我呼喊着，然后像一个球一样滚回了自己的床上。

为什么大家总是告诉我要做自己？我是说真的，就好像他们从来没见过我一样。

嗨。

仅此而已。在经过一千年，甚至一整个冰河世纪之后，这就是我选定的宏大对话的开篇。点击发送键后，我感觉一阵电流穿过我的血管，全身为之一震。

电话发出"已发送"的提示音，我不假思索地直接把电话丢到床尾。或许我潜意识里想让它消失在我的视线里，但不到半秒钟我就把它捡回来了。

我的心提到了嗓子眼儿，肠子全部纠缠在一起。我不敢确定这种感觉是紧张还是兴奋，或许两者都有一点儿。我把手机放到枕头上，接着又把它放在肚子上，靠着我的胳膊。我像老鹰一样盯着手机屏幕熄灭，变成黑色，然后开始期待屏幕能够因短信提示而亮起来。

然而它没有。

时钟的分针转了一圈又一圈，我的头也跟着转了起来。极不情愿地，我不再检查号码盘，将头埋进自己臂弯里。我的手机不是最新的，无法提示对方已读消息。我处于完全的黑暗之中，这是恐旷症、强迫症患者最喜欢待的地方。

我列举着远比等待一个男生回复信息更仁慈的折磨方式，终于这时，我的手机响了。

我解锁手机的指头比抹了油还滑，按下按键找到那条短信：

是艾米吗？

哎哟！我给他发送的那条信息可比这条好多了，一张猴子挠屁股的照片都比这条强，几乎任何信息都会比这条好。

有一年感恩节，妈妈买了一大口深油炸锅。如今，在周日早晨，她会把能在冰箱里找到的所有东西都装在里面，空气中充斥着油腻食物的味道。这个味道会逗留几个小时，附着在你的皮肤、头发、甚至衣服里，又黏又恶心，而摆脱它的唯一办法就是一个滚烫的淋浴加上大量的香皂。我现在就有这种感觉。

深呼吸。

我的大脑里灵光一现，别慌张，他不可能知道是我发的信息，因为我没署名，而且他没我的号码。所以他怎么可能知道是我呢？但转念一想，显然他在等待一个叫艾米的女孩儿的信息？艾米，这个名字不断在我脑海里闪现。他不是早该有艾米的号码了吗？我该不该继续给一个想和艾米说话的男生发信息？我该不该给艾米想撩的男生发信息？我会不会变成他众多女性朋友中的一个？那种关系仅限于朋友的女性朋友？如果变成这样，我是不是不得不听到关于他和艾米的故事？

我咬着指甲，拿起手机，心脏跳得飞快，然后用力地按下键盘拼写出下自己的名字，这次只花了我不到一分钟的时间就写好了信息。

我是诺拉。

大拇指在发送键周围跳舞，我鼓足勇气按下了发送键。信息发送成功的提示闪烁在屏幕上，我向上帝祈祷希望自己不是在给别人的男朋友发送信息。我在美俏上看过太多三角恋的桥段，从来都没有好下场。

我等着卢克的回复。

可他并没有回复我。

我盯着手机直至凌晨五点，时不时地点亮屏幕以确保信号和电池都是满格的。

可能我摄取了足够多自个儿的手指，都可以称为食人族了。它们被啃得太厉害了，我伸都伸不直。我很怀疑每位我这个年纪的女生都这么做，这也许又加深了我恐慌的程度。

到凌晨五点半的时候，我开始祈求睡眠能把我扯入梦乡。

21

残忍的大脑强迫我睁开双眼时才七点十分。阳光透过窗帘的间隙射进房间。我蜷在毯子底下,用毯子堡垒将我与晃眼的光线分离开来。

尽管这也许是我有史以来最焦躁不安的一次睡眠,但我仍感到舒适。此刻我的床垫就像一颗巨型的棉花糖,软绵绵的,我深陷其中。

楼下厨房传来做饭的声响时,我正像精神病人一样发着呆,不想上课、不想吃饭,不想和任何人说话,只想一直待在床上。妈妈就像一只鸟儿,总是天刚亮就起床,然后在院子里忙活。她很爱种东西,我们院子里有四十八种不同颜色的花,光玫瑰花就有八种颜色。她摆放花的规律让我想起彩虹,也许某个夏天,我能走过去闻闻它们的味道。

我挣扎着将手指伸到被子外面,从梳妆台上一把拿过手机,拉进被子底下。我点亮显示屏,上面并没有未读信息,一阵剧烈的疼痛迅速穿过我的胸膛。闭上眼睛,我试图安慰大脑,卢克也许还没有看见我的信息,毕竟他不会像我这样彻夜未眠。但这就像骗小孩子豆芽菜比薯条更好吃一样,毫无意义。

我在脑子里列举着低温冷冻的好处,当听见妈妈说话的声音时,我睁开了眼睛。听起来,她像是在和谁说话。也许我弄错了,可能是收音机的声音,毕竟她很喜欢听收音机。我眯起了眼睛,当你想仔细听清楚声音时,你也会这么做。那肯定是两个人的声音,有一个声音是男的。一阵不约而同的笑声从楼下传来，我确定那不是收音机，她一定还有同伴。

我立马变身少女侦探南希·朱尔，迅速从床上起身，套上一件毛衣，接着慢慢地推开了我的房门。妈妈正跟那个人解释着她的意外事故，可能是个警察或保险销售员。

"哇哦，这听起来真的太吓人了，您没事吧？"是卢克。卢克在我家的厨房里，正在和我妈说着话。

我噎住了。我的大脑变成了滚筒式烘干机，飞速且凶猛地旋转着，他未回复信息带来的沮丧顿时消失得一干二净。我本希望自己能够多一点时间来准备面对他的回应和我们的对话，还有我那无法和他握手的理由。

我悄悄溜到走廊，低着头盯着自己的双脚，径直穿过走廊走到卫生间，然后开始刷牙。脑子里的对话不受控制了，没有一句质问的台词，我忘记自己刷了多少下而不得不从头开始了六次。我洗漱完毕时，苍白的脸终于恢复了一丝血色。

我用黄瓜味的湿巾轻拍自己的嘴唇——我不能用毛巾擦脸，由于我曾经读过一篇关于滋生在纤维里的浴室细菌的文章。

"他人很好，他会理解我的。"我告诉镜子里的自己。

如果他不会呢？

"那么这就和里弗斯医生的故事一样，我就不再需要他做我的朋友了。"真希望说这话的时候我的下嘴唇没有颤抖。

我尽可能漫不经心地踱步走下楼梯，踏了最后一个台阶两次，然后缓缓地走进厨房里。我故作镇定，假装自己根本不在意他在这里。

希望他看不见我脸上的紧张。

"早上好啊，亲爱的。"妈妈从她那顶超大号的草帽下面朝我打招呼，还穿着那件泰迪熊毛衣，"看我在前院撒雏菊种子的时候看见谁了。"卢克从座位上跳了起来，手肘敲到了桌子，咖啡杯晃动得咯咯作响。

"我今早十点才上课，因为早上学校有行政方面的事情。"卢克说，"我本想也许能在你的前门偶遇你。"我盯着他看，他也盯着我，他的态度让我想起了一只夹着尾巴的狗。

"好吧，我要去拔野草了，你们聊吧。"妈妈说完拿起她的小铲子，挥舞得像拿着一把宝剑。出门前，她走过我身旁，在我的脸颊吻了一下。

随后屋子里一片沉寂。

艾米，这是他送进我家厨房里的那个巨型大象的名字。我不介意。因为我们花越多的时间谈论短信的问题，他就越会忘记我的人生问题。

脑海里的龙卷风在加速，我不得不抓伤自己。我需要找点事情做，沉默是一个火炉，而我的恐慌症已经沸腾了。我呼出一口气，走向冰箱，给自己倒了一杯橙汁然后呡了一口，它却让我的恐慌沸腾得更快了，鲜榨的橙汁和刚刷完的牙齿不能混在一起。

我转过身时，卢克正唤起自己内心的巫师，打算再度读取我的思绪。我好奇他是否意识到，专注地盯着我并不会让我的头盖骨变得透明。

他想由我来打破沉默吗？希望不是。与之相比，我更愿意和一群在进行如厕训练的学步小儿分享一个泳池。

"关于那条信息……"他说。我的大脑只有一半在听他说话，另一半在想着摆正冰箱里的一管黄油。

"你还记得我跟你说过的'女王'艾米吗？"

"你说她在到处找你。"我的声音和我的膝盖一样摇晃不稳。

"是的，是这样，她刚和一个叫德雷克的人分手，然后……"他停了一下，在座位上扭动着，"她之后不断给我发来一些不是很含蓄的暗示，她想和我在一起。"我盯着一管蛋黄酱，试图用意念把它融化。"她真是个固执的女人。"

如果他开始详细举例，我可能不得不举起这该死的冰箱摔下去了。要不是我在恐慌的峭壁上挣扎的话，我一定会这么做。

"你不用跟我说这些，这真的不关我的事。"我挣扎了半天才说出这句话。

"是这样的，她一直不停地给我打电话，所以我把她的号码呼叫转移了。昨晚你给我发信息的时候我没认出你的号码，还以为是她在使用她朋友的号码。"

我转身面向他，内心释然，尽管我肯定自己看起来并不像如此。摆脱焦虑的感觉就像你过了很久终于刷了一次牙，压力从颈部后面蔓延开来，我的脸生疼。

"本来昨晚就应该跟你解释这一切的，可我的手机坏了。无论如何，我只想要你明白，我不会轻易地把电话号码给所有见过的女生的。"他重点强调了"你"，换作别的场景，这种强调肯定让我觉得自己中了百万大奖。

接下来又是一片沉默，无限地向外蔓延。

没有什么可想的，也没有什么可做的。我的思绪在房间游走，尝试寻找能够分散注意力的事，这时候我猛然发现自己忘记了呼吸。

"诺拉，你看上去不太好。"卢克说，他说话的语气变了。

我的心跳停止了，我变得头重脚轻，不得不赶紧扶着柜面以维持平衡。

"喂，你没事吧？"卢克慌了，迅速走过来，一把抓住我的胳膊，然后用手掌扶住了我的腰。

他的皮肤紧贴着我的皮肤，他的手掌很温暖，很潮湿。我想到了毛孔，我手臂上张开的毛孔，而他的汗水滴落在我的皮肤上。发现我注视的目光，他迅速把我放开，然后双手高举呈投降状。

"诺拉，亲爱的，放轻松，深呼吸。"我妈走进厨房，显得十分随意，而可怜的卢克则不知所措。

"抱歉，"卢克急忙说，"我以为她要晕倒了。"

"不用担心。"妈妈轻弹了一下手腕，接着继续在水槽里清洗沾在手上的泥土。

我感到厨房在旋转，言语都混杂在一起。

"您需要我做些什么吗？"卢克站不住了，他看着我妈，仿佛被她的平静激怒了。事实上，当你经历过一千遍时，再大的创伤也会变成膝盖刮伤一样微不足道。"有什么我能做的吗？"

你快回家吧，我这样想。

"先别担心，我不确定自己能同时处理两个恐慌发作。"她微笑着，如此温暖。"要不先坐下吧。"妈妈挽着我的手臂，将我扶到椅子上，"过几分钟就结束了。"

她为什么要让卢克坐下呢？这不是一出戏，不是演出，我最不想让目睹这一切的人就是他。可妈妈认为我不应该有包袱，认为人们能够穿透表象看到我问题之外的东西。不幸的是，我天空里的云并不是玫瑰色的，且真爱的初吻不会抵消我的疯狂。

我倚靠着桌面，房间像泰坦尼克号一样倾斜着。

"诺拉，你的嘴唇都紫了，如果你再不呼吸，你会晕过去的！"妈妈说着，在我面前跪下，双手放在我的膝盖上揉了几圈，"加油，亲爱的，深呼吸。"接着，我照着她的样子做了一遍深呼吸，节奏很不自然。我的胸腔想要抵抗，它试图呼吸快一些，试图让心跳慢下来。

就这样，一遍又一遍。像过了一整个世纪，直到我的身体累到不行，这才完全舒缓下来。我的身体终于缓和下来，如同暴风雨前宁静的海面。

我能听到妈妈说话的声音，但是周围充满了尴尬的气氛。肩膀垂着，双腿在发抖，我垂下头，金色的发帘垂在面前。我把脸藏了起来，祈祷自己可以永远这样躲着。

卢克军褐色的靴子一直在我视线里，他的左脚在抖动。我尝试着去想自己是透明的，但这没用，我还在这里。

"你需要喝点水吗？"妈妈站着拍我的肩膀问道。我点点头，无法说话。我的口腔太干了，我担心喉咙就要裂开了。"卢克，要我再给你倒杯水吗？"

"不用了，谢谢。"他的声音有些颤抖。他要走了，他吓坏了，就像刚刚目睹了一场驱魔仪式，或者一个外星人尝试适应氧气一样。

他随时有可能起身说抱歉，然后离开。

"好吧，"妈妈说着，打破了紧张的局势，"那我接着回花园里干活去了，有需要就叫我。"

我在呐喊，却没有发出声音。这一切都在内部，就像困在瓶子里的龙卷风一样，在我的胸膛翻滚着。我不希望妈妈走开，但是妈妈的拖鞋声已经渐行渐远。

22

我不知道还能说些什么，卢克也不作声，沉寂又一次萦绕周身。这么久了，他的双脚纹丝不动，我便这么一直盯着它们。突然，它们动了，他站起身就要走。我重重地咬了一下自己的嘴唇内沿，越咬越重，直到咸涩的泪水盈满眼眶，血腥味在口中弥漫开来。可我感觉到的，是来自胃里的疼痛。我偏偏想不断升级这种折磨，直到自己再无知觉。我低着头，看着地板上他站过的地方，现下已是空空如也。

我闭上了双眼，再睁开时又看到了卢克的双脚，他面对着我站着，相距不过三十厘米。我吸了一口气，憋在气管中。他缓缓地蹲下身子，仿佛一块遨游太空的石头。他的拳头穿过金色的窗帘伸到了我眼前，停留在半空中，在我膝盖之上，鼻子之下。

"你还好吗？"他的手背上写着这几个黑色的大字。

可能在听到发令枪响之前，我就已经开始了冲刺。

我猛地抬起头，目光落在了他那可爱得不可思议的皱眉上，他那一百瓦的笑容完全倒立着。我本想像看到小兔子依偎在毛茸茸的小猫身边的照片时那样轻声咕咕一下，却只是点了点头，下颌不住地抽动着。

"对不起，"他说，"我不是存心让你难过的。"

"不。"我回答得并没有太大声，但心里是想大声回答他的。他没有必要道歉，我也不希望他因为想要帮忙但没有成功而感到内疚。"这不是你的错。"我想要澄清，却放弃了，因为这一天里他经历的疯狂事已经够多了。

不清楚他到底看到了什么，我仔细地端详着他的脸，试图看出些蛛丝马迹。我不记得自己做了什么，抑或结果有多严重。以前也发生过几次，恐慌发作会令我丧失部分记忆。我在内心审视着自己，喉咙并没有像它发声时一样有颗粒感，所以但愿我没有发出任何饥饿的丧尸般的声音。我的双肩很疼，意味着它们可能经历过剧烈的抽动。

幸运的是我的衬衫上没口水，所以至少我还记得要咽口水。这种小庆幸真是讽刺，我不知该如何看着他，下巴不自觉地沉了下去。

"太尴尬了。"不知道还能说些什么，我希望他用话语充斥整个房间，这样我就可以什么都不用说了。

"你没什么好尴尬的啊。"

好吧，我希望他能用真话充斥整个房间。

"真希望你没有看到那一幕。我希望你没有看到我惊慌失措，看起来像触电的样子。"我吸了吸鼻子，用毛衣袖子擦掉脸颊上的眼泪。我可真是个悲剧，就像一块周围杂草丛生的墓碑，莎士比亚的十四行诗如果修炼成人形的话，应该就是我现在这个样子吧。

"你一直在试图保守这个秘密？"卢克小心翼翼地问道，只用脚趾尖来试探着自己在我心中的分量。

"不是的，也许是吧。我的意思是……对，我是试图……一直在试图……我本来……"一切都似乎变得格外的复杂，仿佛一个有二十六个面的魔方，无论我在脑海中将它翻来覆去多少回，我的解释都说不通，因为太复杂了。

"如果……"卢克坐在椅子上说，"如果我告诉你，我以前见过你发生这种状况呢？"

他在开玩笑，听上去有些讽刺。说不上来为什么，我觉得他的话里一定另有深意。

"那我得告诉你，你认错人了。"我的牙齿磕在指节上，开始啃了起来。尽管他所说的听上去不太可能，但他看上去不像在开玩笑。

"我有件事得跟你坦白。"他说着，齿缝间发出嘶的一声，就好像刚被人夹在了腋下。

这是讽刺的部分吗？他是不是要坦白自己就是连环杀手、跟踪狂、发疯了的带着砍刀的小丑，一如我的大脑想要告诫我的那样？他肯定看到了我脸上浮现出的恐怖表情，也记住了我的表情从平静到扭曲的过程。

"等等，"卢克紧张地笑了笑，"在我眼里这看上去远没有那么可怕，听我解释，还记得我搬进来的那一天吗？"他边问边挪到了椅子边上。

那一天？那天是医生会诊的日子，我还记得他那带着标签的箱子。我记得那只乌鸫在窗台上跳来跳去，还记得那堆让我感觉不舒服的书。

"我看到你艰难地穿过草地，走向你的车。"他小声地说道，仿佛在告诉我一个秘密。

"你看到了那个？"

他的脸上闪过一丝绯红，揉了揉后颈，又转身看向了厨房的窗外。

"我没有监视你。"有那么一刻，他看起来年轻了十岁，"我只是希望能再次引起你的注意。你瞧，我以为我们在调情。"

"等一下。"我有些糊涂了，感觉像是从头再学一遍微积分，"你把焦虑发作当成调情？怎么会呢？"我试图琢磨这如同被鱼叉叉住的乌贼一般的印象之中还有什么可以当成悲剧以外的东西。

"不。是在那之前，在窗边，你向我招手的时候。"

他也许是太兴奋了，我好奇他是不是在来这儿之前就已经这样了。他是不是把大麻当早餐了？如果真是那样，他就得离开了。我害怕一切抑制剂。

"我从来没向你招过手。"

"你有。"

"不，我没有。"

"你招过手，我当时正搬着个箱子去卧室，你敲了敲窗户，然后朝我招手。"

回忆如同脱轨的火车一般冲击着我，我差点就站不稳了，是那只该死的乌鸦！

"你想起来了。"卢克说道，他一定是看到了我脸上闪过的认同的神情。他满是沾沾自喜地坐回自己的椅子，双手交叉在胸前。哦，跟他解释这件事情的感觉一定比樱桃派更甜美。

"呃，很抱歉要打破你的幻想了罗密欧，但我真的不是在向你招手。"我对他说。

"不……你是。"但他看起来没有之前这么确定了，"真的不是吗？"

我摇了摇头。

"那是在向谁招手？"

我邪邪地笑了起来，卢克也笑了。"我那天过得很糟糕，有只鸟一直在外面的窗台上晃来晃去，于是我想敲玻璃赶它走……"

"你是在向一只鸟招手？"

"没错。"我边说边用力憋着笑。他大笑起来，而我笑得更是直不起腰来。

"好吧，这就又尴尬了。"

"你就是因为这个才走过来自我介绍的吗？"我坐回凳子上，此时焦虑已经远离我十万八千里了。我用手肘撑着桌子，双手托着下巴。看上去仿佛是两个老朋友在开心地聊八卦。他也倚靠在桌子上，双臂抱在胸前，皱着眉头抱怨着，直到把脸埋了下去。

"是啊，当然是的。你站在那里，一个这么可爱的女孩向我招手，我根本就不可能无视你啊。"他的话在桌子底下显得低沉又压抑。

我们都笑了。此时此刻，是我过往四年中最正常的时刻，好想把它放进一个盒子里，永远地保存起来。

"嘿。"他把手臂放下来看着我，阳光涌进厨房，洒在他的眼眸上，闪着明亮的绿色光芒。我的心不由得一紧。"你害怕出门吗？"任何美好的事物都有终结的时候，但我想，正是稀缺性才让那些美好时光如此完美吧。

这回轮到我双臂交叉在胸前，伸出脑袋把脸埋在臂弯里了。

"是"这个字真是简单得很，简单到我能用四种语言表述它，包括法语。在掌握"妈妈"这个词以后，"是"是尚在襁褓中的我学会的第二个单词。但此刻，我忘了该怎么说，唯有点头。

"我很抱歉。"他说。

"抱歉什么？"

"我不知道。我想说的是，我已经有两次看见你经历那些事了，看上去令人痛苦又筋疲力尽。你知道吗，看到别人遭受这样的痛苦真的让人很不好受。"

大部人都是富有同情心的，也许这句话并没有我最初认为的那么胡扯吧。我转过脸看着他，他朝着我温柔地微笑起来，我也报以一个微笑。

"你不喜欢被人触碰吗？"

我摇了摇头，挑着手腕上的疤。

"但你妈妈碰你的时候不会有问题对吧？"他的语气里没有任何指责的意味，一丁点儿都没有。他的好奇心仅仅是在我那运作方式神秘的大脑中温柔地漫步着，可我的胃里却充满了负罪感。这听起来很糟糕，仿佛我已断定他会伤害我或做一些别的什么，总之是不好的事。

"不是你的缘故，这与安全感有关。"我告诉他说，热浪一点点在体内沸腾。"我的意思是，我想可能有一点点与你，或者任何我不认识的人有关……这很令人困惑……很复杂。"这就像在水下说话，任何声音都会走调，"我们仍在努力弄清楚这个问题。"

"诺拉。"卢克的手抬了起来，"没关系的，我是不是问得太多了？"

"不是的，只是有时候我的大脑转得太快。我想解释清楚，但大部分情况下我也不懂这是怎么回事。"

"你有些颤抖。"他看着我的手说。我收回手，缩回毛衣袖子里，拢在膝盖下。

"我知道谈论这个对你来说很艰难，但你能不能告诉我你还害怕其他的什么事情吗？我不想再一不小心吓到你了。"他的声音如此温柔，听上去还以为是他在为我读睡前故事。我考虑是否该给他列一张清单，却想起他终究要回到自己的生活中去。

"一切。"我小声地承认，"我害怕一切。"

他看上去充满了同情心，可能真的要加入我那抑郁的冰水池里来了。

"你知道我害怕什么吗？"他突然坐了起来，空气中有些东西变了，他轻快的声音驱散了忧愁的浓雾。

"什么？"

"蜘蛛，不是那种小蜘蛛。"他没能按住起伏的胸口，"是大蜘蛛，任何和奥利奥饼干一样或者更大的蜘蛛。"他战栗着，"我对付不了它们。"

这家伙如此轻易地就让我笑了起来，我不得不怀疑他的古龙香水是否含有笑气。

我们在桌边坐到了九点半，说了些关于电影和音乐的废话。他喜欢看恐怖片，跟我一样。如果有人问起，他会说自己听过所有最新乐队的歌，但其实他的心属于爵士乐。他谈论着我此前从未听过的音乐家，模仿吹萨克斯风的表情惟妙惟肖。相比于书，他更喜欢漫画，毕业后想学习美术。

很奇怪，我知道他出去过，有很多朋友，开过派对，几乎整个学校的人都参加了，但他的嘴唇动得飞快，好像一百万年没跟人说过话似的。

"我得走了，"他瞥了一眼自己手腕上的复古卡西欧说道，"我得在上学前把手机送到店里，看他们能否修好。短时间内我可能无法发短信，跟你说一声，我不想让你认为我不理你。"

我没那么想，至少在他说这话之前没有，但现在我开始怀疑了。

我想知道自己是否还能再见到他。前一个半小时发生的事在我脑海里翻滚起来，我说过的话，做过的事都如此清晰。我在寻找任何能阻止他再次来访的事情。

"但我们很快就会聊天的。"卢克对我说，可我唯一关注的是一个具体的时间。很快是什么时候？我的脑子里转着一个念头，很快就是永不。他的手机是真的坏了吗？我的心碎了一地，可我拒绝让痛苦蔓延到脸上。我站起身，咽下所有的情绪。它们尝起来像尘土，咽下去抓心挠肝。

"待会儿见。"他说，并挥了挥手。

"拜。"我说。随后他就走了。

不一会儿，妈妈就来厨房陪着我了。她端着一盆骨瘦如柴的秧苗，它们看起来无精打采，仿佛世界对于它们脆弱细小的身板而言太过沉重，于是它们只好沉睡。我感同身受。

"我挺喜欢他的。"妈妈说，一边还把她的"特殊混合物"喷在这片植物墓地上。我不清楚她在里面放了什么，但她喷的东西确实让这些垂死的花朵又燃起了新的生机。嗯，它们至少还能再活一个星期。

我好奇在我淋浴时用这个是否安全。

我没有回应她对卢克的评价，我还在忙着思考自己还能否再见到他。

"你还好吗？"她问道。

"我很好，"我回答，脸上带着假笑，"我去看会儿书。"

我蹦跳着走回卧室，一关上房门就变成了一个怪物。肩膀前倾着，步伐沉重，我砰的一声坐在床垫上，没拿书，反而拿起了笔记本电脑。不知为何，我浏览了搜索历史，点开了其中一个接吻视频。我看到的不是在赤褐色荒野中漫步的穿着登对毛衣的可爱夫妇，而是自己和卢克，我们之间不存在任何问题，没有什么能妨碍他紧紧地握住我的手。

此后的一整个下午我都在读普拉斯（美国作家与诗人），想知道妈妈会不会同意我把卧室漆成黑色。

23

又是一个周一的清晨，六月以来第一次，老天有了要下雨的欲望。现在已经是九月底，可以说有很久没下雨了。

我总是不经意地想起卢克，以及是如何在四天前向他透露自己的秘密的……距离上次见他已经整整四天了。

吃完早餐，母亲与我吻别，然后匆匆赶赴工作。旧习难改的我再次蹑手蹑脚地来到走廊的窗边，咬紧牙根，因为大家都知道这可以让你的动作更小心翼翼。我掀开窗帘，在卢克的车道上搜寻着他的车。车还停在那儿，他还没有出发去学校。

我舒了一口气，按理应该能引发地震警报。"因果关系。"我提醒着自己，就像里弗斯医生故事里说的那样，有个女孩一见到自己心仪的足球运动员就紧张不安，但最后还是获得了属于她的幸福。

我的幸福结局并不全是嫁为人妇，生儿育女，一家子其乐融融地生活在郊区的房子里。可是，人一旦居住在一个年降水量只有五百毫米的地方，那么感受每一个湿润的瞬间都会变得意义深远。此外，我并没有因为害怕见到卢克就不再关注外面的世界，毕竟这是我唯一能看到的外部世界。

我真的只是在考虑那些事情吗？

显然如此。我必须这么做，因为我已经在打开前门了。我滑落在地，坐在层压材料板上，双腿向前舒展，畏畏缩缩地看着它们发白的模样，就像是有人在地板上洒了牛奶。要不是受过

FakeTanGoneWrong.com（讲述晒黑皮肤的失败案例的网站）的刺激，我一定会去花钱晒黑皮肤的。

灰蒙蒙的天空中，阴云密布，厚重得连篝火喷吐出的浓烟都无法企及。我闭上双眼，呼吸着鲜活的空气。前院简直像一幅莫奈的画，虽不如后院多姿多彩，但胜在生机勃勃、美丽动人。

我看着马路对面的特里普一家子在草坪上摆满了瓶瓶罐罐，他们在收集雨水以进行循环使用，这也是妈妈从不喝他们家没煮过的东西的原因。

马尔科姆·特里普站立着，双手背在身后，仰望着天空，他脸上绽放的笑容宛若初次坠入爱河的人。他身上披了一件极其艳丽的土耳其长袍，毫无疑问是天然纤维做的。因为它看起来就像一只麻袋，让我浑身发痒。他发现了我，随即朝我挥了挥手。

妈妈说马尔科姆让她想起了我爸爸，也就是那个在我妈妈二十一岁时搞大她的肚子，在我还没降生时就抛妻弃子离开的男人。我与他素未谋面，他反倒是给我写过一次信，不过我只字未读。不到迫不得已，没有人会细细翻阅陌生人的相册，对吧？同样的原理，我不认识那些照片上的人，也压根不认识这个给我写信的男人。

起先，雨水慢悠悠地下落，巨大的雨滴坠落在地面上，与混凝土地面摩擦发出了嘶嘶声。我喜欢它的味道，闻起来十分温暖，就像熄灭后第二天的炭火。

不一会儿，大雨倾泻而下，我只能看清前面半米远的距离。我把头倚靠在门板上，闭上眼睛，倾听着雨水洗礼的声音，冲刷克雷森特街道发出的喧响，感受水对于一切烧焦事物的舒缓慰藉。一些溅在门廊上的水花喷洒在我赤裸的双腿上，让我不寒而栗。

美俏上我爱看的照片是那些站在雨中快要亲吻的情侣的照片，也许是因为我的强迫症喜欢流淌的水预示着的环境卫生，但是在这之上，那个每次读《傲慢与偏见》时都会哭泣的我，认为这些照片无比浪漫。

正打算待在这个位置一动不动的时候，我的手机发出了哔哔声。这是杜鹃鸟叫的声音，既不是信息提示声也不是手机铃声，但根据我设定的音调类别，可以得知是美俏更新的通知声。

又一次，在我心情好一些，或者至少不用再借酒消愁忘记卢克，或在想出让他从我的脑海里消失的方法之前，我决定远离美俏。虽然都是些随意的状态更新，但显而易见，这个周末大家都陷入了热恋之中，而他们想做的就是谈论这件事。对于他们的浪漫和兴奋的反应，不由得让我想到上个礼拜卢克离开之前曾亲眼看见我所有的疯狂行径。此刻的我真想拿起叉子自戳双眼，在我的眼里，丘比特是个混蛋。

毫无热情的我举起了手机，准备关闭所有的信息提示。这时，手机屏幕上的一个名字吸引了我的注意力。

卢克向我发送了添加好友的请求。

我的拇指突然不听使唤，变得笨拙了起来。在按错了好多遍按键后，我终于解开屏幕，打开了主页。我停在了卢克的头像上，一只手抵住自己的心脏，以平息它不稳定的节奏。接受按钮是亮红色的，我点击后，他的个人页面就自动打开了。

十分钟之后，我还是无法让自己在他的主页上四处窥探。我害怕自己会点错屏幕，或者突然不小心将手机掉到地上而误点赞他的任一状态。该死，我甚至害怕自己喘气太用力，一不小心就关注了他的妈妈，这太不像我了。平常我都是在美俏上四处翻看，就像个小孩刚得到她可以成为初学者的许可一样，我从未在浏览人物简介的页面时遇到任何问题。也许我现在有这么多问题是因为我清楚自己在窥视他人，还是有目的性的窥探。这听起来像是一种刑事犯罪，我上星期看过的一集《好莱坞刑警》中确实有人因为做了同样的事情而被逮捕……不管了，这种情况应该不太可能发生，我得喝些果汁、吃点儿冰块冷静一下。

雨停了，云团被大片湛蓝色的天空撕裂开来。这种颜色与之前的大不相同。不知为何，看起来更加清新。仿佛天空需要暂缓二十分钟进行充电，才能展现出更蓝的颜色似的。

马路对面的特里普一家子正从房子里涌出来，开始着手搬运水满溢而出的瓶瓶罐罐。就在此时，我看见了那辆车。

作为一名热心的业余社区观察员，我经常关注着来来往往于我们这个天堂般的小角落的车辆。好吧，其实是我觉得必须保持敏锐的洞察力，万一发生抢劫并且警方需要线索怎么办？万一我提供的线索，比如"一辆黑色林肯车在我们小区路边转悠了两圈后消失了"这种信息正好是他们破案需要的突破口呢？

妄想症就是那种在高中时会突然跑到你的身后，把你的裤子猛地褪到脚踝的小孩，因为妄想症喜欢着看你出丑的样子。

我从未在这附近见过这辆车。这是辆小型车，香槟金色，黑色的顶篷是可折叠的。这是那种得"卖肾"，或者含着金汤匙出生的人才能拥有的车子。

车窗是黑色的，当我正自作主张地注视着它时，驾驶室的车门砰的一声打开，一个身材修长的金发女孩走了出来。我并不是想形容她有多漂亮，可先前退去的太阳恰恰选择这时在天空中露出它的真容。

她抬起头来，朝着炙热的聚光灯微笑示意，接着将戴在头顶的白色大框太阳眼镜挪到了鼻子上。她的发色和车身颜色一致，当她的指尖划过发丝，头微微一甩时，我不得不提醒自己这不是洗发水广告。

穿过马路，她走到了我这边的街道上。这女孩的走路姿势不像平常人那样闲散，而是趾高气扬的。她调动全身力量以保持肩部的笔挺，臀部却左右摇摆。

我真想变成她那样：黝黑健康的肤色，高高的颧骨。不管花多少钱，我都愿意。

金发美女在卢克的车道旁停了下来，把手伸进钱包里，掏出一个亮闪闪的带镜粉盒，她用柔和的粉红色唇粉勾勒出唇部的线条。我看得实在是太专注了，居然学着她，摆出了一副压扁的"O"形嘴。她脚踩坡跟鞋从卢克的车道走来，而我觉得自己变得越来越渺小。

我低头看着自己的双膝，试图整理思绪，却愈发理不清，真让人头晕。我祈祷她是卢克的妹妹，老天保佑。

"你好。"起初我以为她在跟替她开门的人打招呼，后来她似乎有些不耐烦，又提高了嗓门说："打扰了，你好。"颇为意外的是，我抬头看见她把太阳镜推到了头顶上，站在黄杨木树篱旁。没道理啊，阳光照在她的眼睛上，她不得不眯着眼，那么她为什么不把太阳镜戴上呢？

"这算回应了吗？"她问。我这才意识到在我纠结太阳镜的问题时，她刚刚是在跟我说话。可我根本不知道她问了什么问题，一个问题也不记得。我开始流汗，腋下刮毛造成的红疹子感到丝丝灼烧感。

"不好意思，我刚刚没听见。"我的回答只穿过半个院子，就化为蒸汽消失了。

"什么？"她边说话边用手托住她的耳朵，说，"你说什么？等一下。"她用托住耳朵的手朝我做了个停车的手势，"我走过来。"

糟了！为什么人们总是要和我说话？我只想静静地赏雨而已。我思考着如何抗议，甚至幻想着要做些什么来抗议，说实话，地狱结冰的概率都比抗议的可能性高。

我爬了起来，她跨过我和卢克房子之间的灌木树篱，带着古铜色的躯干一步一步地走来。黄杨木肯定划伤了她，因为她朝我走来之前眉头紧锁，我好奇怎么没擦出火苗来。

随着她越走越近，眼前的身形变得越来越大，我的心也提到了嗓子眼儿。我像乌龟一样，把自己的身体尽可能地缩在毛衣里，两只手臂连袖子都不要了，紧紧地缠住自己的腰。然而，金发美女还没走到我这儿，卢克就从他家前门跑了出来，他的肩膀上挂着书包，嘴里叼着一块三明治，我很好奇那块三明治是不是涂满了奶油芝士、苹果酱和蛋黄酱。我们都看着他，他看到金发女生便呆住了，接着他的目光游离到了几厘米外，当他看到我时，他笑了。

他穿着蓝白色衬衫，袖子被卷到肘部，脖子上挂着一串黑色的绳子，好看极了。

"没事啦。"金发女孩转过身来说道。

"艾米，你在这儿干吗？"卢克一边问，一边干咽下一大块面包。

天哪，我的自尊早已被摧残得遍体鳞伤，不由得咳嗽了一声。

"女王"艾米，除了发色稍微浅一点，她真人和美俏上的头像一模一样。

艾米伸出她的手来，卢克翻了个白眼后，便抓着它帮她跳过了黄杨木树篱。

"早啊，邻居。"我刚要鼓起勇气向他招手，他就和我说话了。

艾米嘴里发出了啧啧声。是在针对我吗？我不清楚，也不在乎，也没法在意。卢克在对我微笑，看起来不算勉强或是伪装的。这笑容很暖，和在了解到我的心理健康状况前的笑容别无二致。

我浑身起了鸡皮疙瘩，一股暖流从我的胃蔓延到全身。

"好吧。"艾米摆了下手，无视我的存在，"我想也许我可以顺便送你去学校。"她一边说一边挺直了肩膀，高举着的下巴仿佛能戳破天空。

"谢了，不过，我自己有车。"卢克答道。

"我明白，但我觉得咱们可以一起去上学，也许还能在课前喝上一杯咖啡。"她边眨着睫毛，边将手搭在他的胳膊上，在他的肌肉上来回游走。他低头看着她，她便皱起了鼻子，睫毛眨得更厉害了。

"求你啦，就很快地喝杯咖啡吧？"卢克皱眉之下的愠怒转而变成了优柔寡断。

他不打算拒绝她。

怎么会拒绝呢?

又有什么理由让他拒绝呢?

我可不像是那种会在他胳膊上上下游走，哄着他去喝咖啡的女孩。他很清楚这一点，也一定在考虑这一点。这点就够了，我的缺陷棺材上被钉上了最后一钉，我没戏了。

24

我溜回屋内，关上门，有些生气。

不是因为她，真不是。不是因为她，不是因为他，也不是因为他们。我生气，是因为我太想触碰他了，回想起他上一次把手放在我身上时，我差点儿中风，简直丢人丢到家了。

那种浏览卢克个人主页的畏惧感变得细若尘埃，好奇心是疯狂的，从内心深处控制着我。还没坐上沙发，我就从口袋里掏出了手机。打开他的主页，我毫不犹豫地滚动着屏幕，搜寻任何有"联系"的消息。一如我猜测的那样，艾米·女王·卡瓦诺是他建立的第一批联系人。我点击她的照片，网站跳转到了她的个人资料页面。

命运本可以拯救我，让我免受即将到来的折磨。她的主页本可以被锁住，然后除了促销信息外，我什么都看不到。然而命运一定是恨我的，她的个人资料弹了出来，我点击了她的照片选项卡，那些照片记录了艾米和她的朋友们一起晒日光浴、骑马、在非洲的野生动物园里拥抱狮子等所有美好的时刻。还有她出去吃晚餐，开泳池派对和游轮派对的照片，甚至还有一张她坐在摩托车后座的照片。我眯起眼睛，拿起手机仔细一看，在摩托车照片中跨坐的家伙看起来像获得格莱美奖的摇滚天王布洛克·桑松。我的天，不是吧！

我的自尊已经打包好行李，彻彻底底地离开了我。她每张照片都咧嘴笑得像柴郡猫一样，充分享受着她的生活，尽情地活着。

我眼里充满了嫉妒，呼吸中散发着醋意，连舌尖上仿佛都是酸葡萄的味道。

不知道哪个更让我嫉妒，是她那好莱坞明星式的生活，还是我生病之前从未骑过马的事实。阳光从窗口透了进来，但我没有时间将自己晒成古铜色。我从来没有听过音乐会，更不用说坐在顶尖歌手的摩托车上依偎着他了。但以后总会有时间的，总会有的。

我的手在颤抖，轻点回卢克的个人主页，我放大了一张他的照片，盯着它看了几秒钟，然后用大拇指触摸着他的脸。也许，他对我微笑是因为他为我感到难过，也许，只是为了激怒艾米。也许他想让她觉得我们之间有什么，那样她就会离开他。我用指尖拉扯拇指上的死皮，反向撕开它，让它流血。

今天真是够了！我决定了，把手机扔在咖啡桌上，在沙发上蜷成一团，什么都不想了。我很生气，把屁股下的杂物全都扔了出去，然后将自己裹在一个毯子里，任由它将我吞噬。

但是，这太闷了。我的呼吸越来越急促，感觉就像有人在毯子底下放了把火。

这是令人沮丧的，因为我无法再像以前那样将自己封闭起来，与外界隔绝了。曾经，把自己隔离开来是我的基本技能，这就好比是我的瑞士军刀，我的水壶，以及能让我找到家的指南针，但现在我已经失去这项技能了。很好，又多了些可以添加到我不断增长的新体验列表中的东西。

我很生气，将毯子从身上拽了下来。我也许没有一匹马可牵，也不认识任何一个摇滚乐手，但现在太阳正在炽热地闪耀着，我没有理由不走出门，去后院自拍。我总是抱怨自己有多苍白，也许多一些色彩会让我看起来更有生气。

也许我可以利用这股冲动，这种成长的动力来创造一个新的根触，一个不同的思维模式。对吧？

"对！"我下定决心，然后走上楼梯。

我知道我有一套比基尼在家里，它和艾米的那件不一样，艾米的那件全是白色的，前面有一个半月形的金色按钮。

我找的第一个地方就是内衣抽屉，把它放在这里是合乎情理的，因为比基尼上衣和胸罩差不多。我在一双双袜子，也许有一百万条紧身裤和内裤，还有一些运动文胸中找来找去，这才让我深刻地意识到我拥有的一切是多么的舒适与保守。我的内衣几乎是千篇一律的白色或黑色，没有任何装饰或图案，因为这样才舒服。而且如果我想要掌握这个花花世界，我就不能去担心那些令人发痒的花边或蕾丝。

天啊，这真是一种令人沮丧的思维模式，我怎么没注意到我的病也同时接管了我的衣柜呢？我拿起一双原本是白色的腿部保暖套，它们已经被染成了洗碗水似的灰色。当我把保暖套扔进床尾的垃圾桶里时，我想这个抽屉应该是对我生活的一个真实写照吧。

比基尼的上衣被找到了，它蜷缩在厚厚的羊毛袜子中。它是纯黑的，可以系在我的脖子后面，这应该是在买一本杂志时免费赠送的。生病之后我还没有买过比基尼，而且在此之前我也没什么胸可以放在里面。

脱下安全又温暖的毛衣，我拿起比基尼上衣，像戴米奇手套一样系上它。我把头发向后梳成一个发髻，然后跑到妈妈的房间去找防晒霜。

她在浴室里放了两种防晒霜，一个是防晒系数为二十的，另一个防晒系数为五十的。我仔细阅读了两个瓶子后面的使用说明，仿佛在拆弹。我选择了防晒指数更强的那瓶涂在身上，回到楼下时，我比上去之前还要白五十个度。

在过去的几周里，几次恐慌发作和一个持续紧张的胃已经让我瘦了好几磅。我摸了摸自己的臀部，注意到我的身体比以往更有棱角。总之，我看起来很可笑。把手指卷绕在门把手上时，我想，也许我该略过日光浴。谁想要看到一身皮包骨套在比基尼上的照片呢？"这并不是足以让你不去尝试的理由"，我可以听到里弗斯医生在我的脑海里这样说道。她会告诉我，不要为了拍照片而去这样做，你要忘记这一点，你是因为想做日光浴才去的。

我需要日光浴，我一边在脑海里纠正这一点，一边拉开了门。

对于席卷而来的热浪来说，我像一台碎石机。这里如此温暖，我的脊椎不由得一阵战栗。太阳就像一颗柠檬，这柔和的色调，又像细烟，模糊了妈妈那怒放的花园的界限。花朵的香气在庭院中飘荡，几乎要把我的脚绊倒了。有那么一秒钟，我以为自己意外地打开了十九世纪英国乡村花园的大门。

庭院空间大到足够建一个游泳池，我知道这一点是因为我的祖母在去世之前，本想给我们买一个，但妈妈说我们不需要它。起初我还以为是因为她不喜欢玩乐，后来我发现她和特里普一家有过沟通，而他们让她对此感到愧疚。

我的大脑在急速旋转，早已准备好让我待在里头出不来了。我抬起双眼，晴空万里，但我并不是真的在意天气，我是在寻找飞机，因为我读过它们从天上掉下来的故事。我看着树，因为我知道它们也可能会倒下来。地震是我最担心的事情，我无法预测它们的到来，然后是蜘蛛和蛇……任何能迫使我离家去医院的事情都是担忧的主要来源。

事实上，我的求生本能似乎在这一天开始出现故障。这很糟糕，也许一个拥有正常思考能力的人是无法理解的，但是我不知道自己能否离开家去寻求帮助，哪怕这关乎我的生死。

我赤着脚在马赛克旗帜旁停了下来，这是我们庭院的标志。我在新鲜的空气中蠕动着脚趾，测试着外面的温度，仿佛暴露太多就会烧焦皮肤似的。

十五分钟后，我的脚趾开始抽筋了，我还没有来得及让它们再伸出去更多就开始抽筋了。我的脑子里正循环播放着活结乐队的歌曲，整个右脸毫无知觉。我累了，并让自己陷入了一阵干涩的呜咽中。

算了，去他的，让这些思维模式见鬼去吧，让根触见鬼去吧，让艾米的照片也见鬼去吧。去他的一切！在生命被卷入这些事之前，我的生活从未如此复杂。

我砰的一声关上了门，仿佛也同时关上了外面的世界。我冲进了厨房，刚走到大厅就被迫停下了。前门大开，卢克在门廊上。我不能确定，但我想我看到了一辆香槟色汽车的踪迹，就在他身后。

门是开着的。

为什么门是开着的？

我的第一反应是查看周围的环境，门是开着的，所以肯定有人从门口进来了。

"嗨……"

"妈？"我打断卢克的话，在楼梯上叫喊着。在我等待应答时，他一直保持沉默。"妈，你在家吗？"

"诺拉，怎么啦？"在我第二次的呼喊仍没有得到回应后，他问道。

"为什么门开了？"我在颤抖，仍旧扫视着左手边开放式的休息室，以及右边楼梯旁的书房。

"我可以回答。"

我转过身来，盯着他，完全期待他能说出自己打开门侵入我们房子的事实。

"之前，当你走进来想要关上它的时候，它反弹了回来。"卢克回答道，同时冷漠地耸了耸肩。

"不！"我嗤之以鼻，这真是荒谬的想法，他肯定在撒谎，"不，我确定在我走之前把它锁好了。"如同机器程序一样，如同一个舞者记得她跳过的每一个舞步一样，我已经养成了习惯。

"好吧，"他一口气说了出来，"但也许这一次你忘了。"

"不。"我说着，同时走到了门口。在这一点上，我更愿意相信是巫术或魔法导致了此次的不幸事件，而不是我自己。我查看门锁，看到门闩，即应该插入门框的一个小孔，并保持门关着的那个小插件，它不在那里。

不会吧。

我不会忘记检查锁的。锁闩咔嗒一声，自从那个被称为"帮手"的不速之客来过我的房子之后，我就关上了门闩。

一定是哪里不对。

这要么是黑魔法，要么就是锁坏了。

我一遍又一遍地摸着锁片，把手指塞进闩锁的凹槽中。当我按住按钮并扭转时，这就是它所应该在的位置。我们安装它的初衷是因为每次妈妈去拿邮件时，都会穿着睡衣被锁在门外面。

我记得自己是那样做了，我确实按住按钮并扭转了它。当我看雨的时候，我还把闩锁藏了起来，就怕万一发生了什么怪事，自己会被锁在门外进不来。

"我不记得自己有检查门锁没锁，也不记得是不是打开了门闩，为什么我不记得要检查它呢？"指甲匍匐在我的大腿上，开始搔抓皮肤。又一件新的、邪门的、可怕的东西要添加到我的体验清单里了。用不了多久，我就得用一辆独轮车才能拖得动这个清单。

"诺拉，没关系的。"

"不是的。"我厉声说道。这怎么会没关系呢？我不会忘记做这些能让我有安全感的事情，我不会忘的。不过我确实忘了，那么我现在到底是谁？还是不是那个谨小慎微的诺拉？

25

卢克走了进来，张开双臂，可他看起来不像是想要拥抱我，而更像是试图围住一只受惊吓的羊。

"你在做什么？"我问了他两遍。我知道如何用科学解释这种从头到脚的酥麻感，但这一切都让我头昏脑涨，我的心情不断地反复。

"好吧，"他说着，并放下了他的手臂，"我尽量不碰你，但我有点儿害怕你会昏厥。"

"昏厥？"什么情况，是勃朗特小说里的情节吗？

"你知道的……就是失去知觉，快速倒地，亲吻地板。"

"是的。"我坐在楼梯最底下的一层台阶上，呼吸急促，惊慌失措。

"哈。"卢克抬起下巴，双手背在身后，在大厅里散步，仿佛维多利亚时期伦敦巡逻的警务人员，"你那时对我说的话似乎并不感冒。"

虽然我的眼睛跟随着他的步伐，但我始终确保大门在我的视野内，希望它注意到我那一直注视着卢克的影子。

"我更喜欢自己的俚语。"我回答道。

"是词语。"他说。他笑得如此灿烂，我为世界上那些永远都看不到这个笑容的人感到遗憾。

当你呼吸得够快时，你的喉咙往往会感觉干涩。现在我可以忍受沙子在口中停留一段时间，但是我不确定我能撑到去厨房喝一杯水。我的身子向左倾斜，查看从栏杆到冰箱的距离。

"你需要什么东西吗？"卢克问道，结束了几秒前他的声音中那种明显的调情意味。我不能要求他给我一杯橙汁。嗯……可以这样做吗？不，这太奇怪了，他又不是在餐厅工作。

"不用了，谢谢。"我用双手牢牢地抓住扶手，抓得这么紧，手上都要磨出水泡了。但当我想站起来时，我的双腿却像跌入地狱一样冰冷麻木。就在我的屁股要着地的时候，卢克冲了过来，只是这一次我正巧坐在楼梯底层的第二个台阶上，而且这时没有妈妈来缓解即将到来的尴尬。卢克双手插在口袋里，我猜想是因为他担心自己的双手会忍不住第三次碰我。

"诺拉，不是说我不喜欢这种勇敢又独立的表现，但是请允许我替你取你需要的东西，可以吗？"他可能准备把自己的尊严放在我的脚底下。

"我想要一杯橙汁。"我看着自己卷曲的脚趾说道。

"橙汁，好的，在哪里？"他朝厨房走去，又回问我一句。

"在冰箱里。"

"好的。"他说着，然后开始了哼唱。我听到他打开又关闭了橱柜。"嘿，邻居，你把玻璃杯藏在哪里了？"

"在微波炉上面。"我回答他。

"拿到啦，我可以给自己倒一杯吗？"

"当然。"我微笑着，因为这意味着他会多停留一段时间。

卢克开始唱歌，没有歌词，只是哼唱。他在我的厨房里散步时，一串拉拉、嘚嘚、哒哒的声音传了出来。我想象着他像一个调酒师那样杂耍酒杯，把装着橙汁的杯子左摇摇，右晃晃。

几秒钟后，他安静了下来，走回了大厅。

"这杯给女士。"他卷着舌头说道。他的假法国口音很可爱，几乎和他的英国口音一样可爱。他递给我拿来的两杯饮料中的一杯，小心翼翼地交到我的手上，以防碰到我。

"晚餐与表演，真让人印象深刻。"与其说我在逗他，不如说我在调情。我边说边眨着眼睛看着他，露出一个腼腆的笑容。我以前肯定见过妈妈在送货员戴夫那里露出这种表情，每次他在我们家里放下一盒样品石块时，妈妈都会眨着眼睛看着他。

卢克做出一个单手耸肩的动作。"我还能说什么？这只是一个时间问题。"他走上楼梯，胸口紧贴在墙上，因此他碰不到我。当我意识到自己正盯着他的屁股时，我脸红了。卢克坐在了第三个台阶上，弯曲着膝盖向我微笑着。

"你不是该去学校了吗？"我有些害羞地问道。

"呐，我可以不去，我会告诉他们我有一个紧急医疗。"

"你打算把我的紧急医疗作为借口来少上几节课吗？"

他耸了耸肩。"少上几节课，也许……我希望能用这些时间偶尔跟你出去逛一逛，你介意吗？"

这是一个道德上的困境。我是否应该争论一下，告诉他应该去上课，还是闭口不提，坐在这里和他一起喝橙汁？

没有争辩。我咬住嘴唇，试图忍住即将扩大且占满我整张脸的笑容。

"那么，你以前见过厉害且强大的艾米·卡瓦诺吗？"卢克问道。

"没有，今天是第一次。"

"感觉怎么样？"

我耸耸肩，开始搅拌自己玻璃杯里的橙汁。虽然盒子上注明了这种橙汁"无果肉"，但我觉得再小心也不为过。"大多数人会吓到我，或是让我害怕，她也不例外。"他迷糊了一会儿，茫然地看着我家墙纸上的旋转图案。

"这是什么原理？"他问道，"我的意思是，你一直这么害怕吗？"我看着他的脸，只看到了他的善良和真诚，还有一丝丝的好奇。

"你不会想听到这些事情的。"我不知道这话是在对他说还是在对自己说。"不是的，我愿意，我想要了解你。"

我想要做一些改变，我觉得应该对此做出一些解释，因为这已经不再是一个秘密了。在我们短暂的友谊中，他已经看到我跌倒了好几次，可他仍旧过来关心我，坐在我旁边的楼梯上喝橙汁，这些应该能说明一些东西了。另外，一旦知道了他的感受，我心里也会舒服一些。不断试图猜测他将在我所谓的生活里扮演怎样的角色这件事一直在不停地破坏着我的脑细胞，真的很痛苦。今天早晨吃早餐时妈妈和我玩填字游戏，我一点儿头绪也没有。这还从未发生过，但我已经开始描绘出一颗卡通般的心并且坚信不疑。

控制着我情感的大脑深处也一定认为这是一个开口的好时机——至少，它似乎无法找到一个足够强烈的反驳观点来让我闭上嘴巴。

"我并不总会害怕。我的意思是，有时候我可能会封闭一些，或者尽可能一个人待着。但我并不害怕，也许我只是很害羞。"

"发生过什么事情吗？"我希望我能肯定地回答这一个问题，

并不是因为我想表述悲惨的故事，因为这样跟任何人解释起来都会更容易一些。比如"一朝被蛇咬，十年怕井绳"的故事就很容易让人理解。

"没有，并没有发生任何事情。"

"所以，你只是在某一天醒来后就不敢离开这个房子了么？"

我闲着的那只手的手指蜷缩在台阶的边缘，并紧紧地握着，担心他的问题会彻底将我击垮。

"等等……"他摇着头说，"这听起来不对。抱歉，我不是这个意思，我不是故意让它听起来很轻蔑的。"后悔的情绪让他前额紧皱，一只手紧张得不知所措，并拍打着他的膝盖。他是真诚的，我可以缓过来了。

"没关系，"我微笑着对他说，如果我够勇敢的话，我就会冲他眨眼睛，"至少你没有问我为什么不直接'克服它'，或者我个人最不喜欢的'你为什么不干脆不去想它'。"我舔了舔舌头，在自己面前玩起了手指枪。"当然，我会改过来的。"我对数百个怀疑的声音说，因为他们总觉得我是故意这样活着的。

卢克把双手压在两腿之间，紧紧地压在一起，让它们如同被锁链束缚住一样难以挣脱。我猜想是不是因为他想伸手碰我，想将我从这种深渊中拯救出来。

"这种事情经常发生吗？"

"发生了几次，一些朋友……以前的朋友，他们这么说过。"我耸耸肩，那是一段以爆米花和电影开始，却以泪水和心碎结束的日子。

我从幼儿园开始就认识的一个女孩叫默茜·卡尔，默茜喜欢和她的双手说话。当她随口提到她在和自己的双手聊天时，其他人就会开始议论，怀疑她是否有某种疾病。同样的，他们显然不知道为什么我不能告诉自己不要害怕。默茜把我的情况与她讨厌紫色做类比，然后有一天，她妈妈给她买了一条十分可爱的薰衣草卡普里裤子，她因此克服了自己的厌恶情绪。那之后我再也没有看到过默茜，也再没有见过我其他的朋友。

"我的祖母也这么说过。"我笑着说。

卢克震惊地睁大了双眼。

我能预想到那个实际年龄十八岁而智力却只有八岁的莫西会质疑我那矫情的大脑，但是当我的祖母也那样说的时候，我的内心便受到了伤害。

"那肯定让人难以接受。"

"非常难以接受。"

她不是故意这样说的，我的祖母就像我的妈妈一样，她一直对父亲的离开耿耿于怀。在我成长的过程中，她用尽了一切方法让他回家承担抚养我的责任，甚至威胁他立遗嘱时要把他摒除在外。我猜那就是为什么一周后我会收到那封父亲寄来的信的原因。

"有一天，当我被食物中的黑色碎粒给吓晕后，把她吓得着实不轻。"我笑了，因为除此之外，几乎所有关于她的记忆都很有趣。

"哦，是吗？"他挑了挑眉毛。

"她的名字是凯蒂·缅因，是缅因洗浴及美容产品的创始人。"她的糖沙磨砂膏曾一度出现在美国的每一个卫生间里，而且，是她用蜜蜡唇膏带来的收益给妈妈和我买了这栋房子。

"不是吧，我妈妈的柜子上放了很多这些产品。"

"真的吗？"我问道。

他点点头，喝了一大口橙汁，我听见牙齿敲在玻璃杯上的声音。他举起玻璃杯，放在了台阶上。我想掰开他那草莓般的双唇，把所有随之带来的焦虑全灌到他的嘴里去。

"她对我和妈妈很是照顾。"我想起了十岁那年的夏天，她带我们去了迪士尼乐园。因为妈妈太害怕了，所以是祖母带着我一起去玩儿各种游乐设施。她还因此在原木水槽上弄丢了假牙。"她非常古怪，但又很难让人生气。当我的病发作时，每个人都会感到害怕，你知道吗？这需要花费很多精力去适应。"

我们停止了谈话，他还在消化我刚刚告诉他的东西。几秒钟过后，我的身体开始变得不安，试图在这难熬的沉默中找到舒服的姿势。

"我的祖母住在灰橡树。"他说，谢天谢地他很擅长读取我的肢体语言。

"灰橡树？"

"是一个住宅区。"当然是住宅区了，取这些名字的家伙要比在冬天穿夏装的人更傻。"现在每次我过去，她都叫我马修。"

"为什么？"我问道。我要谨慎询问，因为我早已读过痴呆症的危害，如果她确实患上了这种病的话。

"她的大脑已经有些不清楚了，"他说，"估计我看起来与马修很像，那是我爸爸。"他摸了摸带着足球圈的手指，不用想就知道，我们第一次聊天时他手上那个华丽的戒指源自他的父亲。当你真的关注某人时，你就不会错过关于他的任何信息。

卢克说："我猜你父亲那会儿已经不在你身边了吧。"

"我最后听说的是他在阿尔卑斯山，在一个叫安妮卡的二十一岁金发女郎身上挥霍着他的遗产……不是吧？那天跟你拥抱的人不是你爸爸吗？"

"是我爸爸，可那是我近八个月以来第一次见到他，我就是跟他在说话……"他停顿了一下，自顾自地摇着头，"你看见我在外面的那晚，我是在对他大喊大叫。"

"为什么过了这么久才见到他？"话音刚落，我就意识到这问题可能太私密了。"对不起，"我慌了，脸颊涨得通红，"我不该这样问你。"我对自己说：随意且放松地聊天能缓解口腔里的紧张感。再提醒自己一遍，下次我就不会说出更不恰当的话了。

"诺拉，没关系。别害怕，我并不介意谈起它。而且，我觉得我还没告诉过你一些我的背景呢，对吧？"他微笑着，我突然想知道如果现在提议我们结婚的话是否为时过早。

"我爸爸就像我妈妈所说的那种流浪汉一样。"

"那是什么意思？"

"他喜欢旅行。"他看着我，就像我应该明白他的意思似的。我不觉得他意识到了自己的话太少，所以我用脸上困惑的神情提醒了他。

"这听起来很不可思议。"他说道。

"这是我的错。"我情不自禁地笑了，不禁注意到，他只是不经意地告诉我一些事，而看不到我所有不正常的地方。

"所以我妈妈一生都是空姐。"他说，"当他们二十出头的时候，她和我父亲在去往阿根廷的飞机上相遇了。他是一个旅行者，一个只是把家用来挂帽子的家伙。我的妈妈不认为他会在他去遍了所有可以去的地方，看遍了所有可以看的风景之前停下脚步。"我可以想象这是他妈妈曾说过的话，一个恋爱中的女人所写出的浪漫话语，但卢克讽刺这种爱恋。他的双手握成拳，指关节捏在一起，然后又舒展开来。

"你生他的气吗？"

"我尽量不因为他生气，毕竟他是一个复杂的家伙。"卢克转过下巴看着我，眼睛眯成一条缝，痛苦在他原本神采奕奕的眼睛里弥漫开来。"这有点儿像一种病。他试图留在我们身边，建立一个家。其实他已经尝试过好几次了，但是每当他停下脚步的时候，他就感到非常沮丧。"

呵呵，他和我很像，只不过我们正好相反。

"他们还是夫妻，依然疯狂地爱着彼此。也就是说，他没有在旅行时去找寻一个新家庭，他说他会无条件地爱着我们。"卢克深吸一口气，"这是一个高尚的词语，无条件地、勇敢地、盲目地承诺一无所知的情况。"他迷茫了，盯着面前的地方，但没有特意去看什么。我不知道他的头面向哪里，也不确定他是否也会这样做，我只希望能够用自己的手指穿过他的手，把他带回到楼梯的安全之处。

"我以前生我妈妈的气，因为她并没有挽留他。她当时对我说，我年纪太小，是不会明白的，但这有什么需要理解的呢？他不可能是爱我们的，因为他一直在不断地离开我们。"他用拇指揲了揲他的下唇，我好奇他是否会开始啃手指甲，因为我会这样。但是他站了起来，走下楼梯开始踱步。我没有阻止他，也没有让他坐下来，因为我讨厌这样，我讨厌在自己转圈的时候，人们试图让我安静下来。

"那个夏天，我十五岁，他回到家看望我们。虽然这次旅行有些不同，但是……"他起身以后第一次看着我，"我的意思是，他见到我们时总是很高兴，但我记得他不是单纯的快乐，倒更像是松了一口气。"

"一周变成了两周，又变成了三周，直到八周之后他还在家周围闲逛。"当他回忆起这些时，他的眼睛里闪烁着光芒。因为他眼里的光芒，我喜欢上了这部分故事。

"我们甚至没有做任何事情，只是像一对失意者一样在老房子里面闲逛，吃着奇多（一种零食），看卡通片。他在妈妈上班的地方找了一份工作，在机场帮忙，每天早上我会在早餐桌上得到他一个大大的吻。他们两人都不得不在上班前喝咖啡。真正的罗克韦尔式的时刻，你知道吗？我以为这就是了，他肯定会留下来。无论他脑子里想发生什么疯狂的事情都会消失，现在他会快乐起来的。"他停了下来，仿佛撞上了一堵砖墙。我没有说话，因为我可以看到他努力想通过自己的想法来压制一些不必要的情绪。

他闭上眼睛，吸入力量，呼出悲伤。"我再也没见过父亲哭泣，直到他再次离去前的那个星期，我发现他蜷缩在厨房地板上，周围的糖撒了一地。你瞧，我们的计划是让他回家而且待在家里，但他的抑郁症又回来了，并开始折磨他，直到他无法忍受。"

"我无条件地爱他，但是，有时我会忘了他身体不好。有好几次他打电话说不回家时，我都会看到妈妈非常难过。我只是向他嚷嚷了几句，让他不要再像小孩子那样行事，老老实实回家待着多好。但如果这会导致永远不能再见到他，那么我将在这八个星期中的每一天每一分钟里都想收回我说过的话。"

"我很抱歉。"我对他说。我不确定这句话是否得当，我甚至不确定此时是否还有能说的话。

"你一定觉得我很可怕，"他的下巴抵到了他的胸口，"当我没法控制自己大脑的时候，就挂断了他的电话。"

"不是的……"我激烈地争辩道，紧紧抓住栏杆，把我的脸推向了空隙，"有些日子我猜想妈妈怎么没有杀了我。自从我生病以来，我们只讨论过几次，但是每次我们都会大喊大叫。通常是因为她认为我自私，而我反击是因为我同样认为她是一个自私的人，双方都很难妥协。"

"哇。"他笑了起来，然后坐在我旁边的楼梯上，"你知道吗，你是唯一一个让我吐露心事的人。"我感到很荣幸，这种感觉很特别，我知道分享个人隐私是多么的困难。

"他很少出现，我很确信我的大多数朋友都认为他已经去世了。"

"他们从来没见过他吗？"

"没有，你是第一个。"他抬起了头，随即又低下头再次转向我，"释怀的感觉很好。"

"反正……"他说道，清了清嗓子。他伸直肩膀，在屋子里面散发出他的男性魅力。"他会在圣诞节回来，并且已经承诺回来后会在家待整整一周。"

"太棒了。"我露出了一个微笑，热情地点点头。我内心燃起想要假装摔倒的欲望，但陈腐的思维强烈警告我不要这么做，不要让他燃起希望，于是我压制了这个想法。

我筋疲力尽了，于是我试着坐直，但我的脊柱像是用海绵做的，所以我倒了下来，靠在膝盖上，盯着门廊的窗户，他也像我这样做。

"你知道那些在卡拉OK上唱又慢又伤心的歌谣，以此来破坏派对氛围的人吗？"我问他。

"我们应该把它作为一项工作，但是要像讲故事一样而不是像唱歌。"我开玩笑道。他大笑起来，就像打哈欠会传染一样，我也随着他一起大笑了起来。直到我快要笑破肚皮，所有积压在肺里的那些痛苦都溢出到楼梯上。

他上学已经迟到将近两个小时了，我认为，建议他在我们无话可聊之前一直留下来是不公平的。

我们沉默地朝门口走去，都试图通过缓慢的步伐让我们能一起走得更久些。这其实是我试图在做的事情，尽管卢克腿长，但他还是跟我保持步伐一致，所以我认为这也是他想做的事。

"我有个问题，"卢克走到门廊时说，"这是一个假设。"

"好的，你问吧。"

这个问题可能是认真的，因为他的嘴唇抿成了一条直线。我把自己倚靠在门框上，准备在这最后一小时为他要问的事情粉身碎骨。

"在这种情况下，一个男生怎么和一个不能离开家的女孩约会呢？"他低下了下巴，从额头下方看着我。我很庆幸我抓着东西，不然我就会倒下。"她的心刚刚爆炸了",也许这句话就是他们要刻在我的墓碑上的字。

"好吧,"我低声说,因为这就像一个梦,我害怕说得太大声会把自己吵醒,"假设说,他可能会问她。嗯,我不知道该怎么说,如果这个女孩喜欢看电影的话,那他们可以一起看电影呀!"我耸耸肩,希望自己穿着一件毛衣,这样我就可以把手藏在袖子里了。我用脚趾碰了碰黄铜材料的门框,我的裙摆垂在了门底。

"嘿,诺拉,你愿意周五和我一起看电影吗?"

"当然。"

26

周二我过得飘飘然，就像住在云端一样。偶尔我的大脑会强迫自己思考我和卢克的约会可能会出现的一百种岔子，然后我就得竭力不让自己从云端摔下去，更不能在地面上扭动我汗津津的身体。

周三我花了六个小时才完成一份关于制作轮具的论文。卢克占据着我的大脑，导致我不想浪费时间去研究三角形的三个角。我只想听收音机调频98.6的爱情生活直播频道，然后想他眼睛的颜色、下巴的曲线和迷人的声音。

周四过得冰火两重天，既飘飘然又像摔下云端，但是胸腔内隐隐开始积攒一重重的懊丧，我很阴郁易怒。妈妈对我大呼小叫的反应是"你因为自己的身体不开心"。我不知道她为何推导出这个结论，我只是想说当人们不知道事实真相的时候，就不要盲目地下结论。

我在卧室发现了一张叠得整整齐齐的纸条，然后读到是一行行云流水般的草书，我的心情立刻有了回转。

"明天见，邻居。"

明天是周五，谢天谢地。我在想周末可不可以晚点开始，因为这样一来，周五那一天就会变得很长。

我像一个正常人一样上床，没有打滚撒欢。笔直向前，像个成年人一样淡定。我穿上牛仔裤和一件轻微起静电的毛衣，没有畏缩，就像这里在过新年夜一样。我每隔五秒钟就下定一次决心，要做一个更好的自己。

我茫然地坐下，此前我从来都没有做过这样的事——穿这件毛衣。这玩意儿复古又暗色，对我的身材来说太大了，就像某种你在恐怖电影里会看到的装束。之前我祖母给我的时候就是这么对我说的，我们一致同意。

第一眼看到镜子里的自己，对我来说是一个大大的惊愕，我就像被一个鬼魂裹挟，这导致我对今天的热情稍稍减退了一些。我如同一个雕塑家一般，抚摸提拉着脸颊的皮肤，下垂的眼袋和前额的细纹。但可惜我并不是黏土，无论我的手指如何努力，都不能把我塑造成其他的模样。

担忧在几年前已悄然让我的皮肤颜色日渐苍白，之前我的面颊总是泛着玫瑰红，而现在呢，我如果站在暴风雪里，我会完完全全地消失。睡眠不足已经在我的眼周留下一圈永久的深灰色，无论敷多少片黄瓜也补不回来了。

我对着镜子做出一个亲吻的表情，我的嘴唇依旧丰满，但是我恐慌的时候就会扣嘴唇，所以两瓣嘴唇不仅干燥还起了皮，我的唇纹就像小丑皱起的眉头。我不能在现实生活中增添光彩，用那种我上传照片到美俏上用的滤镜美颜，这真是令人懊丧，于是我思忖接下来化妆是最好的弥补办法。

我打开了梳妆台，里面全是凯蒂·缅因品牌每次做促销活动时祖母送我的小样，并且全都没有打开过。对于一个一年只有五十天穿真正的裤子的人来说，化妆真是一个费力的活儿。我之前还打算在网上出售它们，用赚来的钱给自己买部新手机呢，然而今天我觉得留着它们还是很有用的。而且祖母以前总说唇膏和睫毛膏太神奇了，永远能让她变得更自信。自信永远是我需要且不嫌多的东西，尤其是当我要约会的时候。

我靠在梳妆台边，检查标签，撕下玻璃纸，往手掌上倒出各种粉末。谁会知道唇膏能有这么多种颜色呢？我找到了五种不一样的红色，四种粉色，三种棕色，两种紫色，还有一根墨黑色的。

我把它们整整齐齐地列成一排摆在梳妆台边缘，然后开始挑选了起来，并一一在自己的嘴唇上试色。这种时候我会觉得我需要一个闺蜜跑过来帮我挑出哪种粉底最适合我，但按这种频率，我就会彻底错过我的约会了。

我非常确信自己打破了挑选唇膏的最高时间记录，因为我已经花了两个小时了。在经过各种惊叹或失望后，我选定了自己第一次挑选的色号。

必须是红色，红色能让我的眼神灵动，也能让面颊看起来不那么像悲剧般惨淡。我选的是玫瑰红，我并没有那么勇敢到挑选那只色号叫"火焰"的唇膏，因为它太像血液了，会让我联想到吸血鬼。

谢天谢地，只有两种睫毛膏。我的人生不是约翰·休斯的电影，所以我把黑色的那只放回了盒子，幸好涂睫毛膏很容易。

我一看到镜子里的自己，就整个人都惊呆了。这个盯着镜子的诺拉，与以往全然不同。这个诺拉看起来正常、活泼、健康，没有受她的精神疾病的影响。

"诺拉？"妈妈敲我的门。我跳起来，抬起手腕准备把嘴上的口红擦掉。虽然我不知道为什么，但是这种感觉就像我今年五岁，把妈妈昂贵的香水用来擦家具被她当场抓住一样。

"诺拉，你醒着吗？"

我的房门开着，妈妈进来了，我仍然没有完全擦掉嘴巴上的口红。口红很闪，我担心如果我从脸上擦掉，它就会像樱桃苏打水一样呼声一团。妈妈看到我的床被已经叠好，我竟然不在床上，随即发出了一声恐慌的惊呼。

"嘿！"她最后发现我的时候说道，并完全震惊了，我不知道是不是因为我穿了比平时漂亮一点的衣服。"我以为你还在床上呢。"

"我还以为你在上班呢。"我双手背后咕哝着，并思忖着自己能不能吞掉口红然后溜走，看这情况，大概是不行了。而且我在吞掉口红之前还要谷歌一下吃掉口红的副作用。

"我在休假，你那只抬起的手上握的是什么？"她走进了我的卧室。

她一瘸一拐，有点掩饰地坐在了床上伸着腿。她穿着大号的斑马条纹拖鞋，我不知道她的脚到底出了什么问题。

"你为什么瘸了？"我问道，仍然用手遮住嘴巴。

"没多大问题。"妈妈略微有点掩饰畏缩，但我还是看见了。

"那你的臀部受伤了？"妈妈垂下了眼睛，因为我显而易见的焦虑总是让她的秘密无处可藏。

"可能是今天在减肥的时候遇到了点儿麻烦。"

我忘记了我才完成一小部分的化妆，放下了手，飞奔到床边的电话旁。"我们应该打电话给医生，万一之前你出车祸时就诊的医院失误了怎么办？万一骨头断了呢？你知道人们可以走来走去好多年但其实某些骨头已经断了吗？这就像医生说你的手腕一样：断的

175

骨头会造成多年后无穷无尽的烦恼。"

"好啦，谢谢啦，阳光小姐。"她哼了一声，"顺便说一句，这很适合你。"

"什么？"我抓着电话。虽然确实神经质了些，但我仍然担忧，我已经准备好要叫医生了。

"唇膏。"

"哦。"我耸耸肩，靠刮着自己拇指边缘的痂来转移尴尬，"我觉得我挺傻的……我的意思是说，我一开始化妆的时候还没那么觉得，可是你一敲门，我就想把妆卸掉了。"

"为什么？"妈妈拍了拍她旁边那片床。我走过去，想着今天早上这种心境，在妈妈身边瘫坐下来。

"我不知道。"但其实我是知道的，而且她也知道这一点，这就是她等着我开口解释的原因，"你不觉得这看起来像我用力过猛吗？我不想让他觉得我试图想要把自己改造得太过浮夸，而且万一他不喜欢我这样的装扮怎么办？或者万一他觉得这很糟糕呢？万一……"

"你可以做到吗？"

我点了点头，有点儿太害怕了，以至于动弹不得。

"你感觉如何？你自己的感受，不是其他人的。"

我闭上了眼睛，把思绪带回我在镜子里看到自己的那一秒。就像祖母说的那样，我感觉自信了很多。我微笑的时候，嘴唇很有光泽。

"我感觉很好。"

"那就对了，这才是最要紧的。你一直都很漂亮，如果你在脸上纹一只巨大的蝴蝶，你会更漂亮。美丽是从你待人接物、举手投足中散发出来的。如果一根小小的唇膏能让你微笑的话，那你就应该涂上它，不管任何人的想法。"这就是她的生活态度，打开她的衣橱你就知道了，那里面全都是色彩鲜艳、图案大胆的衣服。

我吻了一下她的脸颊，在上面印上了一个大大的红色玫瑰花骨朵。

"现在，关于我的屁股……"

"好，打电话叫医生。"我点开了手机屏幕。

"等一下，亲爱的，"她叫我，"我不需要医生，我已经在医院拍了片子，它没有骨折，只是严重的擦伤而已。所以你不用担心啦，赶紧漂漂亮亮地出发吧。"我仍旧准备打电话给医生，因为擦伤意味着流血。

"我没问题，"她重复道，"我需要的只是让它休息，这是医生嘱咐的，只是在我回家后就忽视了这一点而已。"我没有再坚持，因为她正处于疼痛之中。

"那你好好休息，"我说道，"恢复之前不要在花园里闲逛或者蹦跳了。"

"嗯。"妈妈答应了。

她看我的那一刹那我猛然记起了今天应该干吗。

"哦，我有个诊疗的预约。"

我完全忘记了。

因为卢克吸走了我的部分记忆，这是为什么呢？这正常吗？我记得人们在美俏上谈论接吻，还把自己聊天的有趣片段发上去，但是据我所知，应该从来没有人提起过失忆。于是我给自己做了张精神便签：约会之后，我要搜索当好看的人出现在你面前时，失忆是不是这种邂逅的副作用之一。

今天我要和卢克约会，而且看样子妈妈不能走路，也许今天就不用会诊啦?

"不要太激动啦，小姐……"好吧，也许还是要去会诊。"我要打电话问问里弗斯医生，如果她不介意最后一次来访的话。"我知道里弗斯医生不会介意的，她会同意过来的，因为我妈妈付了钱给她，而且我觉得她挺喜欢我的。

但是这种感觉就像你把零花钱全部用来买一只浇了热巧克力汁的冰激凌球蛋筒，结果你都还没来得及舔一口，它就掉到地上了一样。不要这样啊，我知道里弗斯医生很棒，可是我觉得自己今天不需要这个疗程的治疗也可以过得很好。

27

"也许我们应该早点儿结束？"里弗斯医生问道，至少我认为她是这个意思。她的话语很奇怪，滑进了我的耳朵却被我混乱的大脑压得粉碎。我忙着思考卢克和我今晚看电影的时候要坐在哪儿，不能坐太近，原因很明显。但是也不能隔得太远，原因也很明显。也许我该提议坐在餐桌旁，就在厨房里看电视。但是，在久坐之后，这些椅子会让人非常不舒服。

"诺拉。"我从未听过里弗斯医生抬高音量说话，吓我一跳，于是我立刻停止胡思乱想，转而听她说些什么。

"很抱歉，真的，我不是故意忽略你的。我想听你说话，但我这会儿很难集中精力做任何事情。"

"我明白。"里弗斯医生一边说，一边收集她的纸张，把它们塞进一个皮革文件夹里。我看着上面装饰的那只黑色小狮子，它那毛茸茸的鬃毛让我想起了卢克的黑发，神情愈发恍惚了。"不必道歉，我很高兴看到有一个男孩能让你目光呆滞。"

我脸红了，想着是不是约会的时候戴个墨镜，这样卢克就看不见我那呆滞的目光了。

"我只是越来越担心你身上的抓痕，我的责任就是确保你不会对自己造成伤害。"

等一下，她说什么？她成功吸引了我的注意力，仿佛她抓着我的下巴猛地拽向她。

"抓痕？"我把手埋在双腿之间，相信我们谈论的就是我的那些小伤痕。但那应该是不可能的，毕竟我为了不让人发现，故意割在比较靠里的位置。

"我和你妈妈都注意到了，你一焦虑就会抓伤自己。"

停。

我很困惑。

妈妈和医生都很聪明，但这不是在演 X 战警。我有时会开这种玩笑，可她们并不会读心术，也没有看透墙或衣服的超能力。此外，我割伤自己的次数用手指都数得过来，上一次还是妈妈躺在千里之外其他州的医院里的时候。

她看出了我的疑惑，仿佛熄灭了一团火。

"你没有意识到自己在这么做。"她说道，脸上的神情好像在告诉我她正在读着我大脑中的记录。

"做什么？"我的语气很挫败。在摸够了自己的下巴之后，她抬起了头，双手合十，一副祈祷的样子，然后向我投来同情的微笑。

"有时候，恐慌发作时，你会挠自己的皮肤，直到它流血为止。"

"那又如何呢？每个人都有身上痒的时候。"

"的确，你说的对。那你现在觉得痒吗？"她的目光飘向了桌子，我顺着她的目光看过去，发现我正漫无目的地挠着拇指。我的胃猛地一紧。

"你熟悉'自残'这个词吗？"她说话的语气如同妈妈告知我小兔子的死讯一般。

"我知道，但是我没有。"我哼了一声，无视她并没有掩饰得很好的建议。"我没有自残。"虽然偶尔为之，但她似乎在暗示，痒和割伤自己是一样的。而我觉得并不是，也许她才是对"自残"这个词不太熟悉的人。

我实在是受不了这样的问答，真是荒谬，太荒谬了！而且这一切出自一个看海绵宝宝十次有九次会笑出声的人。我想知道，如果我现在离开桌子，躲进房间的话，妈妈会有多生气？我好奇她会不会取消我和卢克的约会。

她不会这么做吧。

有可能。

我开始想要搞点儿破坏了。

里弗斯医生谈论着关于控制的问题，描述着我把剪刀放在腿上时的感受。我觉得这是两码事，每个人痒了都会去挠的，偶尔挠出血来很正常。自残是我一个人的时候才会做的事，但我几乎没做过。这真是既紧张又吓人。我并没有在别人面前使劲挠自己啊，对吧？臭名昭著的挖鼻屎、吃结痂的汤米·马丁在一年级时有被指控为自残吗？没有吧。我真的认为她是在小题大做，挠痒是正常的，她这么严厉地责备我原本已经在颤抖的理智，我是不会感激她的。

我的双腿已经准备好起身走人了，就在这时我感觉到拇指上有那种像被火蚁咬了一口的针刺感，原来我的指甲已经扎进了皮肤，鲜血流了出来。我的思绪闪回到了上周，大腿上血流如注。

这并不意味着什么。

并不。

我只是痒而已。

每个人都有痒的时候。

每个人。

只不过，对于里弗斯医生一开始问的那个问题，我的答案是"不"。其实没有哪里痒，我紧闭双眼，努力回想着发痒、起泡和龟裂的感觉，能够让我指甲下面流着的血液凝固的东西，但我什么都想不起来。我不觉得痒，也没有理由毫无意义地挠伤自己。

我从椅子上跳起来，把手伸到面前，瞪着它，仿佛自己长出了多余的手指。我想摆脱它，但又很快意识到自己摆脱不了。于是我走向水槽，打开水龙头，冲掉了拇指上的血。我抓起洗手液，压了一加仑的绿色液体到手上，随后开始搓手。新的伤口在刺痛，但我一直在搓，直到我无法透过厚厚的泡沫看到受伤的皮肤，然后我反复冲洗，直到双手感到干净了为止。

洗完手，我长舒了一口气，力量大到能吹动外面树上的叶子。

"你非要现在跟我说这些吗？在我人生第一次约会之前？"我呜咽着说道，颤抖着双腿坐回椅子上。我低下头，支起手肘，双手捂着前额，我能看到自己在光滑桌面上的倒影。世界上没有什么化妆品能掩饰我脸上痛苦的神情，我可能需要水泥，需要喷砂，或者需要一张全新的脸。这么想着，我一拳打在自己的倒影上。

"诺拉，你听我说。"里弗斯医生又在桌子上画了棵树，而我横着划了一笔把树砍断了。"我和你谈这个，是为了你的约会。对任何人来说，爱情都不是什么简单的事情。"

我们并没有在谈恋爱，我的大脑反驳着，心里像个孩子一样噘着嘴。当然了我是不会纠正她的，因为我清楚地知道，对于我这样的大脑来说，标签仅供参考，有感情投入才是最重要的。里弗斯医生开始解释，在争取自己的控制权时，自残并不罕见。

她在我面前摆开三本亮色的小册子，像在发牌一样。

上面都画着微笑着的青少年，在夏日的阳光下享受日光浴。他们明亮闪耀，心情愉快，和自残的感觉完全不一样。这个系列叫作《合作而不是割伤》，真是微妙，我相信所有孩子都会愿意拿着这些小册子。

"看一眼。"里弗斯医生鼓励着我，并把第一本小册子摆得离我更近了些。"把这当成一种准备，"她说，"你不一定需要它，但是了解当下发生的事也没什么坏处。"

这是一个叫阿德里安·托马斯的人写的，他的名字用漫画式字体写着，显然这些人总跟小孩打交道。

我翻开第一页，读着开篇的第一段，鼻尖抬得高到可以嗅到天花板的味道，我希望自己能认真看书而不是想象自己被关进了收容所。

"这些都是传记，他们讲述了自己如何使用不同的方法来与自残做斗争，这个人……"她轻点了下阿德里安的照片，他很老了，也许已经六十岁了，白发苍苍，戴着眼镜，看上去如同在图书馆里住了一辈子一样。"曾经，当他想挠自己的时候，就在皮肤上画画。这个女人……"她翻开了第二本小册子，我看到了洛克希·盖恩斯，一个只比我大一点儿的女孩，但她明亮的蓝色头发和暗色系妆容让她看起来比我酷多了。"洛克希会扯坏减压球，而不是伤害自己。"里弗斯医生没有再继续讲下去，而是说出了自己的想法，并把小册子都塞进了蛇皮公文包里面。这是假的蛇皮，我们第一次见面的那天，我就问过了。

"我有个东西要给你。"她说着，并拿出一个棕色的纸袋。她把袋子倒过来，滚出来一堆彩虹图案的球。它们在桌子上弹跳了起来，里弗斯医生把它们捧在怀里，它们就不再跳了。"减压球。"她骄傲地说，"我在想，你可以偷偷地放一个减压球在口袋里，就像洛克希一样。"

她拿起一个彩虹色的圆球，把它压成薄饼状。"卖这个的人告诉我，它坚不可摧。"看着她紧咬着牙把球向各个方向挤压来测试这个理论，是一件很好玩儿的事。不得不承认，我想知道自己能否扯坏一个。

"该你了。"她说。

我拿起了看上去颜色最黄的那个球，它是海绵状的，外层是黏土。不管我怎么用力按压它，手指都无法刺穿外壳，我几乎要失望了。

"诺拉，告诉我你在想什么。"

"我在想如果我以后带着它，就等于我接受了你所说的话。"我发现自己很难接受这一点，原来这段时间我一直没能控制我认为自己已经控制了的事。

"这是件坏事吗？"里弗斯医生问道，并在笔记本上记下更多事。

"这取决于我最终会不会去医院。"我不敢看她，只是玩儿着球，把它扭成数字 8 的形状。

"为什么要去医院呢？"

"因为伤害自己并不是一个正常人该做的事。"我仍然不认同挠伤和自残是一回事，但我选择保留意见。

"人们会为了各种理由伤害自己，但现在我有信心你不会再逃避生活。"

"我绝对不会逃避生活。"我非常同意她的话。

"这就对了，但我依然认为需要重新评估你应对压力的能力。所以，我们试一试我告诉你的减压方法怎么样？"她并不是真的在让我做选择，而是替我决定，而我真正想做的只是在脑海中抹去这段对话。

我点了点头，无法说"好的"，因为"抓挠是一种正常的反应，每个人都会这么做"的想法在我脑海里挥之不去。我不会因此憎恨自己，它和自残不可能是一样的，因为我并不总是弄破皮，就算弄破了，那些印记也不会留疤。事实上，它们用不了一周就完全消失了。而且我见过挤压青春痘造成了比抓挠还要大的伤害，所以这怎么能算是自残呢？

28

当我回到房间时，我把那些压力球和闪闪发亮的欢乐小册子统统扔进梳妆台最底层的抽屉里，我几乎可以断定它们会在那儿待到我死去的那一天。

我累了。我的床看起来那么诱人，柔软、安全，就像一堆温暖的羽毛，召唤着我过去放松自己突然沉重起来的脑袋。我还想钻入地洞，然后在里面一觉睡到明年春天……这可不行，我不能在今晚之前就变成一摊烂泥，我得保持精力充沛、阳光、兴奋的状态。这对我来说应该没问题，因为我算得上是个击退悲伤情绪的专家了。

我转向左边，不情愿地把双腿从床上挪开，并迅速坐回椅子上。这椅子什么都好，就是没什么吸引力，哪怕椅子表面上是昂贵的天鹅绒，对我来说也没什么吸引力。

距离卢克到达这里只需要再干坐两个小时。

六点四十五分，妈妈为了回避，没跟我打招呼就匆匆返回她的卧室了。我是一个运动绝缘体，可是还要再打发十五分钟，我坐不住了，于是我咬着牙在房间里跑圈，至少没抓伤自己。

我紧握着双手，让它们停止颤抖。根据网络调查显示，任何人在第一次约会时都会莫名紧张，但我估计百分之九十的人都是因为如何给对方留下美好的第一印象而感到焦虑，而不是想知道约会时什么样的细菌会潜入各自的呼吸道，抑或是他们被一颗爆米花噎死的可能性有多大。

我决定不吃固体食物……只要他在场。

卢克在七点零一分敲响了我家的门，我风风火火地下了楼，那喧闹声就像奔跑的野生角马群。我踏了最后一级台阶两下后便跑到了门口，我的手臂只是轻微擦伤，我只祈祷双腿能完好无损。

"嗨。"卢克朝着我咧嘴一笑，我的运动机能立马就失效了。"你看起来不错，"他告诉我，"你总是很好看。"他低下头，揉着自己的脖颈说道，我好像在他的脸颊上看到了一丝淡淡的樱花红。

"谢谢。"我回答道。我觉得自己的脸颊也红了，真庆幸我涂了口红。

周一让我抓狂的原因之一就是它的沉默，加之我的思绪总是飘忽不定，这就导致对话难以继续。我猜只有我在担心我们会陷入不知道该说什么的尴尬氛围中，而卢克不会让这种事情发生。

在通往前厅的路上，他谈论着自己带来的两张 DVD。

"你想让我坐在哪儿？"他说着打量起了沙发。这是一个三人座沙发，我们可以一起坐。

我坐在左边，他在右边坐下，中间有一个难以估量的黑洞。在这之前，我从未注意到沙发的一头与另一头之间是那么的遥远，远到我们可能需要杯子和线来沟通。

"那我们看点什么？"卢克问道，说话的音量大了一些，因为他注意到了我俩之间过于小心谨慎的距离，所以他开了个玩笑。

"我不想染上男孩身上的虱子，"我告诉他，"你出现在这儿之前，可能去过任何地方，在任何东西上翻滚过。"

"确实如此，我能说一句吗，我出于动物本能地佩服你的抵触情绪。"他讽刺地说到。

"我不得不承认，"我喘不过气来，"这对我来说真的很难。"

我们最终决定看一部名为《僵尸的诅咒》的电影，整部影片的情节甜腻到让我想吃通心粉。我们笑了很多次，没怎么聊天，可一旦聊起来，我发现自己很想靠近他。

他的手放在腿上，我的眼睛总是不自主地转过去瞟它一眼。我注意到他的拇指上戴着很粗的银戒指，手指一直在无节拍地敲着牛仔裤。偶尔，他的手闲了下来，便会猛然舒展双膝，然后躺在沙发上，就像一只触电休克后倒挂着的蜘蛛。每到这时，我就很想抓住它，这种无厘头的想法吓了我一跳。

里弗斯医生第一次触碰我的时候，我正陷入昏迷。那是一个周一，已被恐慌发作牢牢钳制的我，正试图穿过停车场走到她的办公室。我的四肢像果冻，脸部仿佛在融化，肺部相互挤压到无法承受。我的身体很沉重，重得妈妈一个人搬不动……我真的只记得这些了。当我恢复清醒时，里弗斯医生正在用她那镶着钻石的手表为我测算心率。她用两指紧紧地按住我的手腕，让我感到惊讶的是她的皮肤如此冰冷，脸上却拥有如此温暖的笑容。

当我缓过神来时，电影正在播放着结束字幕。更糟糕的是，卢克看见我盯着他的手看，随后又把视线转移到他的腿上，我吓得嘴都合不上了。

"我……我……"我想解释为何自己会盯着他的大腿看，却一时语塞。

我的手指找到了手腕上的皮肤，开始抓挠，直到感觉刺痛。

"没关系，"他安慰道，接着坐直了身子，滑到了沙发的边缘，"我保证，不管你在担忧什么，你都不必担心。"

想要解释的情绪缓和了一些，我深呼吸了一下，突破黑洞的边缘，朝他挪近了一点儿。

"诺拉·迪安，有没有可能，你会想知道和我牵手的感觉是怎样的？"他问道。

"不！"我抗议道，我的反应就像一个拳头捶在他的胃部。有那么一瞬间，我感觉自己像在跳水板上，而他的这个问题站在我的身后，一直戳着我的肩膀，试图让我纵身一跃。

"等一下，"他说着举起了双手，它们比他本人更让人心慌，"我不是说你应该这样做，我的意思是，你不是这样的人，抱歉……"他心神不宁，这都怪我，怪我自我防御意识太强，我不应该反应这么激烈的。

"不，"我打断了他，"请不要道歉，你什么也没做，我在……"我再次鼓起勇气说道，"我正在考虑这个问题。"我的心跳不停地加速，直到听起来像是在敲打着耳膜才罢休，随后，我一言不发，把手放在了他的手背上。我的手指滑入他的手指之间，十指相扣。

"我可以这么做吗？"我问他，不敢看向他的眼睛。我盯着我们的手，仔细研究着它们的完美结合，就像拼图一样严丝合缝。

"我不知道，你觉得呢？"我注意到他一动不动，想知道他是否觉得自己就像一头野鹿，任何突然的动作都会把我吓跑。

我点点头，大脑早已飞速运转。我正在想象一天中一个人能触摸到的所有东西，然后想到了那个止咳糖浆广告中一直用手捂着嘴巴咳嗽的小孩。

我觉得我俩的手已经接触太长时间了，于是放手。这时我的手突然感觉像裹了一层糖衣一样黏稠，我盯着桌上的那瓶洗手液，却不想因为自己的强迫症而伤害他，于是我借口去洗手间洗了手。我很害怕，却又笑个不停。

29

接下来的一周里，卢克每晚放学后都会顺道来看我。

我们坐在沙发上一聊就是好几个小时，想到哪儿就聊到哪儿。比如周三那天，我们开始聊起法语，我抽查了他的西班牙语作业，然后不知怎的，我们转而聊起了奶酪，我也不明白为什么话题会如此跳跃。紧接着我们又谈论了一小时切达干酪，仿佛到了人类生死存亡的时刻。他告诉我他最爱的是腰果乳酪，我从未尝过这种乳酪。也许我该将自己想尝试的东西列个清单出来……可转念一想，这可能弊大于利。我也不确定家里是否有那么大的纸，能让我写下所有的东西。

我们坐在沙发上的距离保持不变，仿佛参加青年舞会时，有女监护人正在旁边徘徊，永远确保我们保持一定的距离似的。我们没有靠得太近并不意味着我们没有任何机会，尽管他没有提起牵手，我也没有。

周五早上，如往常一样，妈妈正在读报纸。这是名为《你与花园》月刊的宽幅刊物，当中最骇人听闻的要数明尼苏达州的蚜虫谋杀案了。我屏住呼吸，搅动着碗里的燕麦片。燕麦醇厚细腻，气味芬芳，我却难以下咽，因为我有心事。

"妈。"

"嗯？"数里之外的种植天堂里传来了她的回应。

深呼吸了几下后，我说："一会儿卢克过来了，我们可以一起在卧室里看电影吗？"

妈妈放下了刊物，从金属眼镜上方的空隙里仔细打量着我。

"我需要担心吗？"

"不。"我摇头，把头发甩得狂乱。

"你已经适应他触碰你了吗？"

"可以这么说……"现在回想起来，我本该否认的。

"那是什么意思？"她把《你与花园》月刊对折了起来，放在她的空碗旁边。

"意思是，我们在看电视时脱光了所有衣服，然后他变成一只考拉，像贴着树一样紧紧贴着我。"

妈妈被刚刚喝的那口茶呛到了："诺拉·简·迪安！"

"这是个玩笑。"

"当然，"她说，"我只是很惊讶这是从你口中说出来的。"

我敢肯定，如果她知道我有多努力地尝试把上述画面从我脑海中剔除的话，她就不会那么惊讶了。有那么半秒钟，我好奇卢克会不会也觉得我这番俏皮话很有趣。毕竟拥有一个不能碰触的非正常女友，他才是为这个笑话付出代价的人。

"什么叫'可以这么说'？"妈妈追问。

"我上周碰到了他的手，而恐慌并没有发作。"

妈妈把眼镜架过了头顶，我仿佛预见到了眼镜从头发上掉下来的灾难。

"那他明白了吗？"

"明白什么？"

"你的局限性？"

我不确定她在问什么。

"我是说，我们已经谈论过很多这方面的问题了。"

"但是他明白吗？"妈妈说，她简直跟里弗斯医生一模一样。我将满满一勺粥塞进嘴巴里，然后点了点头。不，我还是不太清楚她到底想知道什么，她的声音中透露着一丝严肃，好像在暗示着另一个突发状况，而我不确定自己能否在一个星期内处理两起突发状况。"看到你微笑我很高兴。"她说，我心中暗自怀疑她是不是觉得继续这个问题毫无意义，至少现在来看是这样。

"所以……你是同意了，是吗？"我眨了眨睫毛，朝她露出了调皮的笑。

"当然。"她说。

卢克敲门时，我正坐在楼梯的顶端，用牙齿把拇指指甲的边缘锉得更平整。

"我来开门！"我叫嚷着冲下楼梯，兴奋得冲昏了头，我像兔子一样跳过了最后一级台阶，飞快地跑去开门了。我听见妈妈在客厅嘲笑我，她笑得直不起腰来了，只剩一双企鹅掌的拖鞋挂在沙发扶手上。

"嗨!"我开门时有点上气不接下气,更糟的是,我沉浸在他的笑容里了。

"你喜欢香草冰激凌,对吧?"他拎着一个牛皮纸袋问道,"放心,不是香草豆做的,我记得你说过不喜欢食物中有黑色的渣子。"瞧,他明白的。

"哇!"妈妈坐在沙发里小声羡慕道。

卢克的表情就如同刚才在图书馆里大声咳嗽了一样。"我不知道你妈妈在家。"他低声说。最近,老妈尽可能地让自己变成透明物体。我没有问她为什么这么做,我想假如我问了,她会说,她在试图让这个约会尽可能地正常一点,正常就意味着没有父母的出现。

"我们上楼吧。"我边告诉他边带路。

今晚我们看《疯狂的玛丽》,我最喜欢的经典恐怖片之一。我坐在床上,双腿交叉,卢克瘫坐在窗台上。我没有问他为什么坐那么远,因为窗台有一股向心力,将他吸引了过去。

"谁会那么做?"他双眼盯着电视说道。我注视着他,想知道他是为谁好才绕过了床,我的结论是他为了我才这么做的。有那么几秒钟,我真心希望他是为了自己才这么做的。"不要上去,出去。"电影里的主角直接跑进大门,跑上了楼梯。卢克开始一一列举恐怖电影中的角色常犯的错,我之前也在脑海里细数过这些,有人分享的感觉真好。

"不要搬到离哪儿都很远的房子里去。"我补充道。

"是的，"他差点呛着一勺冰激凌，"听到任何异响都要及时打开灯。"我笑得太厉害了，以至于尿意袭来。"我马上回来。"我边说边爬下了床，他按下了暂停键。真不知他怎么能如此替人着想，我简直要感动哭了。

膀胱如释重负，我喷了两下妈妈的香水，飞一般地跑到了大厅，心里十分惬意。此情此景，应该有蓝色的鸟儿在我身边飞来飞去，然后停驻在亭亭玉立的玫瑰上，细嗅着它甜蜜的芬芳。焦虑的情绪早已被逼退到离我十步开外的地方了。

回到门口时，我停下了脚步，因为听到卢克在打电话，我不想打扰他。

"什么时候？"他对手机讲道，"你是认真的吗？"透过门缝，我看到他在踱来踱去，欣喜在他脸上呼之欲出。"是的，太好了！你能给我两张票吗？"紧接着，停顿，脸部扭曲，摇头。是谁把他笑容的阀门关闭了？他用手指撩过头发。"其实，我去不了了，我已经有其他的安排了。"他笑了起来，"你为什么觉得那些安排与女生有关呢？"我的心跳到了嗓子眼儿。"可能是吧。"他又顿了顿，"可能是她。"他坐在我的床上，伸手摸向柳木桌上的古董银相框，他对着那张照片笑了起来。照片里的我在过十七岁生日，却吹灭了十八支蜡烛——我不得不把我的年龄提高到最近的偶数，以免触发我的心理问题。真可悲！

"相信我，你不认识她。"

焦虑突然袭来，在我的后背沉重一击，我摇晃了一下。是我，是我关上了他微笑的阀门。

"呐，别担心啦，下次还有机会的。哥们儿，不管怎么样还是谢谢你。"他挂掉了电话，把手机扔到空中，然后又接住。当他回到窗台上的安全座位时，他又变得无忧无虑起来。我倚靠在墙上，默数到十，手指在掌心刻出一道裂痕。

我们需要谈谈，他不能为了我改变计划，他不能这样做。这就好比爬上了一辆没有刹车的汽车，灾难已经迫在眉睫。

我回到房间，看着自己的双脚不断地前后切换着位置。感觉一切事物都变得参差不齐，我沿着家具走回了床边。

"诺拉，你还好吗？"他坐直了身体，一脸惊恐。

"当然啦，你知道的……"我挥手抹去他投来的担忧表情，"稳如意大利面。"

"是电影太过恐怖了吗？"他走下了窗台，来到床的最边缘，"我们可以看别的。"

"不！"我抗议得有点儿过于激烈了，"我的意思是，我没事儿。"

"好吧，"他说，"我不打扰你了。"他站起身来。

"你可以……"一股热浪袭至全身，停顿几秒后我继续说道，"如果你愿意的话……你可以和我一起坐在这里。"

"当然愿意。"他立刻坐下来。

接下来播放完了电影剩下的部分，但我的心思已经不在这上面了。我不断徘徊于与他的近距离接触和试图弄明白如何提起他的那通电话（我将不得不承认自己的偷听行为）之间——我的大脑里一团糟。反正我会弄明白的，我真希望今早妈妈的疑问没有在此刻显得那么有道理。

30

当卢克提议这周五坐在家里数星星的时候，我还很怀疑。毕竟通常情况下，我们在室外才能看到星星，但随后他就带着一个投影仪出现在了我的家里。

我们像士兵一样躺在床上，两腿并拢，双臂垂在两边，生怕触碰到对方。一切就绪后，我们目不转睛地看着星空在天花板上旋转。繁星密布，根本数不过来，光芒闪耀仿佛黑色幕布上点缀着的钻石。

我的 iPod 正在随机播放着音乐。摇滚女歌手们疯狂演奏了一个小时之后，花花公子们开始慵懒地拨着吉他，用柔和的声音唱着如何留住他心爱的女孩。我不再凝视着星星，转而专注于这些情歌的歌词，那些歌词仿佛正描述着我此时的心情。

我们之间隐形的障碍……

我心头的痛……

无尽的好奇带来的伤害……

我越想越入迷。

"我有东西要给你。"卢克扭动着身体，靠在床的另一边。在他挪动时，他的衬衫掀了起来，使他的背部下方清晰可见。我说不出话来。

我知道我本该对这个礼物提出抗议，尽管我还不确定为何会有人对礼物提出抗议。虽然我很想一探究竟，可我的大脑正忙于检视卢克裸露的身体。卢克有雀斑，我从未跟他近距离接触到连雀斑都看得一清二楚的地步。

"看着。"卢克往后一躺，我的目光转向天花板。他递给我一本书。不，不是一本书，是本日志。封面被照片包裹着，闪闪发光，如丝绸般顺滑。我的指尖缓缓滑过凯旋门、拉托纳喷泉、埃菲尔铁塔和法国其他六个著名建筑的图画。

"这就像一本日志，"卢克边说着，边翻开了第一页，"但它背面有个旅行计划。"他快速翻动着那划了线的浅蓝色纸张，停在一组白色的涂塑页面上。

"这块儿你可以存放照片，或者是明信片，然后这部分就是电话簿，你可以把所有需要的号码写在这儿。"我看着他翻阅剩下的部分，笑容中的兴奋无以名状，"我觉得在你去法国上学的时候，它就能派上用场。"

"我很喜欢，"我答道，"真心谢谢你。"

我真的很喜欢，真的，但他提到法国这个字眼时向我传达的一丝敌意很让人费解。他很体贴周到，我对此满心感激，却又思绪难安。

卢克谈到巴黎，谈到艺术，谈到可能用一周的时间去罗浮宫看蒙娜丽莎……我感到头晕目眩。他不停地问我觉得怎么样，问我有没有在网上看过这个？看过那个？看过她？又或者看过他？总而言之，我生活中的一切都可以在计算机上找到，"是的"是我在这段对话中唯一能贡献的两个字。

卢克在我身旁呼吸的声音极富韵律，随着他的节奏，我强迫自己的肺部放缓呼吸。

他还在谈论着，做着梦，关于我们两个人的梦。我自顾自地笑着，用快乐驱散敌意，让夜晚回归正轨。

房里的暖意再加上这昏暗的灯光让我昏昏欲睡。

我眼皮愈发沉重，恍惚间察觉到卢克的小拇指拂过我的手边，我浑身不由自主地紧绷起来。起初我以为是一个误会，但我很快又感觉到了。

"这样可以吗？"床在移动，他转过头来，我望着他。他在星光下浑身都湿透了，确切地说是在闪闪发光。我们之间只有几厘米的距离，我可以清楚地闻到他呼吸时散发出的薄荷的香气。顿时，一阵火热袭满全身。

我们没有一起穿过情侣毛衣，也从未一起徜徉美丽的秋景，但我想，要是此刻和他接吻那就完美了。我看着他的嘴唇，它们微微张开着。如果此时拉近彼此距离，将我的嘴巴覆盖在他的嘴唇之上，简直易如反掌。

只不过，我曾见过培养皿里面充满了生活在人类舌头上的各种微型生命体。记得那天早上，我正在浏览美俏上的消息，发现有个卡蒂诺高中的人在谈论传染性单核细胞增多症。这个传染病就像野火一样在学校间蔓延开来。不论怎样努力，我也无法忘记这些。

他的小拇指正触碰着我的手掌，在侧面画着圆圈。我的胃里像针扎一样难受，身体随之战栗，那种欣喜若狂时的战栗，沿着我的脊椎上下传导，我不能自已。

"诺拉。"我喜欢他叫我名字时双唇的形状，"你愿意做我女朋友吗？"

我眨了眨眼睛："什么？"

他笑了："你愿意做我的女朋友吗？"我感到自己飘了起来，越来越高，直至迷失在这天花板上临时的银河系中，我感觉我的心脏想要破膛而出。

愿意。我的心跳声这么响，他不可能听不到。

但我还是我，任何事情对我来说都没有那么容易。我猜每个故事都需要一个坏人，而没有哪个坏人会被心跳这种愚蠢的东西搞定。我的大脑予以强烈的反击，导致我一下子重回地球表面。

我的床仿佛变成了一个无底洞，我穿透了地板，卢克的梦想和愿望也从星空坠落，砰的一声砸进我的胸膛。

一周以来，我一直在为我们的对话寻找一个合适的开场白。

"先如实回答我一些事情吧？"我说着用手肘支撑起身体。他朝我皱起眉头，换作我也会对自己皱眉的，因为我在残忍地屠杀他的浪漫。我不是故意的，我也不想这样，但现实在向我施压。那些悬而未决的疑问，就快使我焦虑到咬指甲了。

"你怀念接吻吗？"诚然，我切入的角度看起来很令人费解，但我觉得错过演唱会、电影、旅行、马戏，或其他任何东西，都是小煎熬，与不能接吻相比都不值一提。他也许能在下一次去弥补这些小遗憾，却无法那么轻易地得到一个女孩的吻。

"为什么这么问？"他说。

"我只是想到了……"我尽可能漫不经心地耸了耸肩，"你怀念吗？"

"实话实说？"

漫不经心顿时消失了，我从床上爬下来，掂量着要不要把这份诚实判定为高估了的信任。不，我得把这段谈话听到最后。妈妈是对的，他有必要明白我们之间横亘着多少限制。

"对。"我说。

"不，我不怀念。但是每当我和你在一起时，我都会想亲吻你。我很期待那一天的到来。"

"假如……"我边说边在床边稍做歇息，不过一秒钟又重新站了起来，仿佛我浑身的肌肉都被换成了跳跳豆，"假如你需要等很长时间呢？对你有这样的要求是很不合理的，不是吗？"

"你不希望我亲吻其他人，这有什么不合理？你意识到我真的很喜欢你，对吗？以及我天生拥有大人们常说的自制力？"

他没弄明白我的意思，他认为我在质疑他的自制力，而不是他的意愿。此刻仿佛有一群蜜蜂在我的脑袋里醒了过来，我开始头痛不安。

"我不想和其他人在一起，诺拉。"

"我不是那个意思。"我无法解释，我的大脑已经无法把句子合理地拼凑在一起了。

"这与我美俏页面上的派对邀请有关吗？"他斜眼看着我。

"派对邀请？"我从早上到现在还没浏览过美俏，更没看到邀请。

"你没看见？"

"没有。"

他坐起身来。"能借你的手机用用吗？"他的还在维修中。

"当然。"我从桌上拿下手机，递给他，微微为其古老的样子感到尴尬。

"我还以为你在担心这个。"卢克边按键边说，随后让我看手机屏幕。

是他的美俏页面，最后上传的那个帖子色彩炫目，是一个邀请他去卡蒂诺高中参加一个秋季舞会的帖子。毫无疑问这个邀请来自艾米，在她的用户描述里，"委员会主席"取代了"女王"的称号。

"你不用担心，我不会去的。"他说道。如果他可以的话，他该把我拉回床上，给我一个拥抱。在邀请的底部，几乎有上百条朋友的评论，男生称他为"兄弟"，女生以"XO"署名，他们都在谈论这将会多么有趣。

"你不能错过这个派对，"我说道，并成功地压制了自己所有的不情愿，毕竟我不是个只会咽苦水的人，"你不能因为我就不去参加。"我告诉他。我坐回了床上，却不得不再次站了起来，因为没什么比演出前的起立更能显示这件事的"严肃性"了。"我们不一样，我有缺陷，而你没有，我们不能无视这个问题。我担心如果我们真的在一起，你会觉得我束缚了你……"

"不会这样的。"他轻声反驳道。

"如果我们不注意，事情就可能会演变成这个样子。"

"诺拉，这只是个派对。如果能让你开心的话，我可以下一次再去。"他回答道，但没有了笑意，我想他也许开始明白我的意思了。

"那你上周那个电话呢？"我轻声问道，希望能降低这句话的影响力，"我从洗手间出来的路上听到你在打电话。"

他似乎并没有注意到我侵犯了他的隐私，他的面部扭曲着，仿佛是突然的胃痉挛引起的。"我早忘了。"

"如果不是和我在一起，你会过去吗？"

他挺直了肩膀，说："我现在和你在一起，而且我喜欢和你待在一起。喜欢和你聊天，和你一起吃冰激凌，和你一起看无厘头的恐怖电影，和你一起凝望星空，也喜欢自己现在可以说八个字的法语了。"他的语气里充满了得意，"很快我就会说得越来越流利了。"我忍俊不禁。"相比于去任何演唱会或派对，我宁愿和你待在一起。"

他那么美好，我不忍心再在这个问题上对他施压，或击碎这份情感。

我继续踱着步。

"逗我开心一下好吗？"他说道。我有点儿喘不上气来，他便不再要求。我磨搓着地毯上的洞，说道："如果没有遇见我，你会过去吗？"

他嘟哝着，整个脸瘫倒在我的床上。

"会，可能吧。我可能会去，但是……"

"然后那个派对呢？"我打断道。我必须先把这个问题弄清楚，然后我们才可以继续。"你也会去那个派对的，对不对？"

"我不知道，也许吧。聚会大都千篇一律，也就是那些东西。"

"但你是会去的。"我收紧下巴，重复道。自从我们认识以来，他还是第一次这样像看着魔女嘉莉（经历校园霸凌后进行疯狂报复的高中女孩）似的看着我。我不是嘉莉，我只是想让他看见如果他因为我而不再和朋友出去玩的话，后果会有多严重。

"是的，"他说，"我会。"

"这就对了，所以你必须去，明白了吗？你不能因为我不去，你就也不去。"

"但我真的喜欢你的陪伴。"

"我也喜欢你的陪伴，但如果因为我不能去，你就停下来的话，时间一长你就会觉得自己被困在这里了。"

"诺拉，过来坐下，陪我深呼吸一会儿吧。"

我照他说的做了，因为我感觉有点儿头晕脑涨了，不知道是因为恐慌还是运动造成的。我坐在床上，他就这样看着我不断地吸气、呼气。看到他为了不触碰到我而把双手深深地埋在膝盖下面，我就很心疼。

"我会去参加那个派对，"他说，"但只要一结束我就马上来看你，好不好？"

"好的好的，你当然可以这么做，如果我即将成为你的女朋友的话……"

"等等，"他打断我，笑得无比灿烂，"你即将成为我的女朋友？"

"是的，只要你答应我，你不会因为我的缘故而犹豫退缩。"

"我答应你！"他一边说，一边用小拇指轻如羽毛地在我的手掌侧面画了一颗心。

31

现在是周五的晚上，这是长时间以来卢克第一次不在这里。但是我无法抱怨，如果我们将来还会存在这种状况，我就得开始习惯无法一直陪在他的身边。

说起来容易，做起来难。

我是麦可斯·德温特电影的超级粉丝，可遗憾的是，即使是好莱坞最有魅力的青年偶像，即使他秀着手臂上的肌肉，穿着一件凌乱的白衬衫到处乱跑，也无法引起我的注意。

"快停下。"老妈使劲儿地拍向我光着的大腿。

"哎哟。"虽然不疼，但巴掌声让我觉得有必要抗议一番。

她用手推着我的腿，迫使我的膝盖不再来回抖动。"好吧，我感觉有点儿像遇到了一只蒙古致命蠕虫。"

"一只什么？"

"一只蒙古致命蠕虫。"

"世上根本没有这种东西。"

"当然有了，不信你上谷歌搜搜看。"说罢她又立马反悔，并挥手说，"还是别搜了。"

我笑了："放心吧，我不会去搜的。"

她身体向前倾，从咖啡桌上抓起一块饼干，开始舔饼干上面那层巧克力。

“所以，能说说你在烦忧着什么吗？”

“我不知道你指什么。”我说着，然后眼睛一直盯着电视，注意力都放在电影里的麦可斯身上，他正朝一个我猜是坏人的家伙开枪。

“不是吧，难道是因为马克德什么的？”

“是麦可斯·德文特。”我纠正她。

“对了，就是这个家伙，他从电影开场到现在已经脱了两次上衣了，而你一句话都没说。”

真的，我就是那种和妈妈成了好闺蜜的女生。下一步我们就要穿着相仿的丝绒运动装，然后买一辆双人自行车了。

“你可能太了解我了。”我说道，然后警惕地用余光瞟了她一眼。

“同意。所以在你心情好起来之前，你就这么和我待在一起吧。”她开玩笑地把我搂在怀里，“快跟我说说，你跟卢克吵架了吗？老实跟你说，我还真有点期待下班回家时能看见他在沙发上睡着的样子。”

我想我可以稍微抱怨一番，至少可以对老妈说。

“他去参加一个校园舞会了。”我噘起嘴，从桌子上抓起一块饼干，用手指捏碎。

“哦亲爱的。”妈妈说道，并舒了一口气，我仿佛闻到了草莓酒的甜香。自从我生病以来，已经不是第一次闻到这个味道了。我不禁开始好奇，酒是什么味道的。

"他将被穿着漂亮裙子的迷人的姑娘们包围住。"我倒在沙发上，一切戏剧化的东西看起来都那么有道理，"有一个女生也会去，她盯上卢克很久了。"上周五卢克和我聊天的时候，我强迫他去参加这个愚蠢的舞会。我太专注于给他足够的空间和自由，而完全忘记了那位"女王"艾米。

"哦天哪，天哪！"妈妈惊叹道。

"她很漂亮，我指的是能出演MV女主角的那种漂亮。她很高挑，拥有健康的小麦色皮肤。而且，她开着一辆超级酷的跑车，只要她愿意，她随时都可以出门去约会。"

"她随时都可以出门去约会？太假了吧。"

"干得漂亮，蒂娜·费（美国喜剧演员），你做到了。"妈妈戏弄地点点头，我用手肘顶了顶她的胳膊。"我是认真的，她是那种男生都会喜欢的女孩儿。"

"好吧。"妈妈也变得一脸严肃的，然后转过身来，双腿盘坐在沙发上，"如果那位女孩儿真如你所言，他本可以和她在一起，那为什么他没有和她在一起呢？"你知道这种感觉，就是当别人给出再明显不过的建议时，你会讶异为何自己没有一早想明白。

"她有点儿粗鲁，有点儿专横，还有点儿咄咄逼人。她很无情，也许有人会说她很令人讨厌。她明明知道我和卢克在一起，一定知道，因为卢克更改了他在美俏主页上的情感状态。而她也一直关注着他的主页，无时无刻，可她仍然坚持每天早上在他的页面上留言想要拥抱和亲吻。"

"你是想告诉我，卢克拒绝了这位身材高挑、小麦色皮肤且有跑车的芭比娃娃，仅仅因为她的个性很糟糕？他是疯了吗？"妈妈用她典型的八十年代山谷女孩的声音故意戏弄地说道，我的白眼翻得眼皮都抽筋了。

"我从没说过她性格很好。"我无力地辩解。

"好吧，但你担心那个善良、聪明的卢克，那个每晚都在这里陪你的男孩儿，仅仅因为她开好车就无法拒绝这位身材高挑的女孩？"妈妈把已经没了巧克力的饼干塞进嘴里，拍去双手上的残渣，伸手去拿她的红酒杯。

"主要是她可以随时出门去约会，还能牵着他的手，给他真正的拥抱和亲吻，而那辆车只是个加分项。"我小心翼翼地吐露心声。妈妈喜欢假装我没有朋友的唯一原因就是他们在差不多四年时间里，没打过一个电话过来。

"也可能是我老了，我的视力肯定不如以前那么好，但我能看出卢克是一个很好的孩子。如果他想要追求像你所说的那种女孩，他早就得偿所愿了。你得试着不要那么紧张他，至少，应该尝试着客观地问问自己，比如，如果你的精神健康真的让他很困扰，他还会一直来找你吗？"

听起来很有道理，但我就是无法一直这么想。这个念头在我的大脑里稍纵即逝，如同水从鸭背上滚落。在我的脑海里，卢克会在派对上想起一切和我在一起时无法做到的事情……此刻，我很想知道艾米的裙子到底有多耀眼。

一声敲门声把妈妈和我都吓了一跳，一股粉红色的葡萄酒从她的杯子里洒了出来，溅在她的衬衫上，于是她试图用指尖擦去酒渍。

"你今晚有约吗？"我问。

"你是说除了布拉德·皮特之外的人吗？"

"那可能是他。"

"我的头发看起来怎么样？"妈妈窃笑着从沙发上爬起来，朝门口走去。她很有仪式感地把门打开，迎接这位神秘的访客。"啊，诺拉，是你的布拉德·皮特。"

"嗨，迪安太太。"是卢克。我赶紧爬了起来，在去门口的过程中差点摔倒。看到他的瞬间，我觉得内心的某处放松了下来。我整个人都在往下沉，仿佛没入了水中一样有失重感。穿着衬衫的他看起来干净利落，头发上喷了一些东西看起来湿湿的。我很高兴见到他，但紧接着，脑海里的警笛就开始尖叫了起来。他怎么过来了？我们说好了的，他不应该出现在这里。

"你为什么不在秋季舞会上？"我舌头打结了。

"我想我该回房把剩下的电影看完了。"妈妈插了句话，说罢，她轻吻我的额头，然后快步走上楼梯。

"我去舞会了，"卢克说，"但真的很无聊，所以我提前离开了。"我看了一眼大厅中祖母的玻璃橱柜上的时钟,现在才八点零五分,他七点十五分才离开的,而卡蒂诺距离这里有十分钟的路程,所以他只在晚会上待了三十分钟。

好吧,至少他没有违背诺言,毕竟他还是去了,而我也做好了自己的那部分,没有拖他的后腿。另外,当你的自尊心和我一样备受打击时,当有一个长着电影明星脸,笑容足以让你相信奇迹的男生出现在你家门廊时,那么说服自己他急忙地赶回家不是为了来找你简直易如反掌。正如他所说,因为舞会太无聊了,所以他才离开。

"你想看电影吗?"他右手拿着一个棕色纸袋,上面印着影碟的标志。

"嗯,也许吧。不过我得提醒你,要我陪你看可不便宜。"我打趣道。

"哦,是吗?代价是什么?"他降低声音,一颗炸弹在我的胃里炸开了。

"一整盒冰激凌。"我说道,睫毛眨得生风。

"那我太走运了。"他举起手上拿着的那个棕色袋子,让他觉得掣肘的担心彻底消失了。我侧过身子带他走进屋子里,迫不及待地给他看我录下的怪兽电影。

在俗套的恐怖电影里常出现的剧情就是亲密片段了,我通常都会跳过那些部分,不是因为我很正经,而是因为那种汗流浃背的皮肤贴在一起的画面,会让我的大脑一团糟。

我早就预想到会有这样的画面出现，我本该在两个主角被困在地下室谈论要脱掉衣服以防感染肺炎之前就建议把它关掉。

　　"啊，那是……嗯……"卢克把头偏向一边，因为屏幕上正播放着亲密的画面。我像石头一样沉到我的座位上。"哇！这个人的脑袋要受伤了。"我笑了，不难听出我在勉强地缓和尴尬的气氛。卢克转过身来面对着我，在看到我蜷缩的身体后，伸手去拿遥控器。"我们可以跳过这部分。"

　　"谢谢你。"我说道，然后他按下了快进键。

　　只不过，屏幕上的狼人和他的女搭档亲密的镜头还是没有停，反而以超快的速度在进行。

　　"该死。"他低声咒骂着，开始快速地按着遥控器，他的手指没有起火真的是个奇迹。焦虑使我的身体不再蜷缩成一团，我开始狂乱，四肢像流质一样不听使唤。我失控到身体开始下滑，就像烤盘上的黄油一样。我从皮质沙发上滑落下来，重重地撞在地板上。

　　"糟糕，诺拉。"眨眼间他就跪在了我的身旁，"你没事吧？"他伸出手来，两只手围得很近，但还没有近到能触碰我的地步。我泪流满面地看着他，是幸福的眼泪、滑稽的眼泪。我从未笑到流泪过，我说不出话，所以只能用力点头。他摇了摇头，咯咯地笑了起来。他在旁边的地毯上放松地坐了下来，我很庆幸自己用了妈妈昂贵的椰子味洗发水。

　　"我笑得肚子疼。"我告诉他，揉了揉我那沉睡很久的腹肌。

"我敢打赌，明天你会有六块腹肌。"

"我不知道为什么既然人们可以笑出腹肌却还要去做引体向上。"

"他们都疯了。"他耸了耸肩。

"那我呢？你认为我疯了吗？"我半开玩笑半试探地问他。

"我认为你很美，很聪明，还很有趣。"他的回答得了满分，然后我的脸红了，内心比我们吃剩的冰激凌还甜腻。在我脑海里，我正徜徉在绿色的田野里，天空是粉色的，太阳是闪闪发光的。但随后，一团灰色的暴风云滚滚而来，我那甜蜜的天空雷声大作。

他没有说"不"，他没有说"不认为我疯了"。

"我……"我结巴地开口，声音很小，可它一下子就让他对我所有的赞美都消失殆尽。

"怎么？"他的问题只说了一半，导致我的骨头要从身体里跳出来了，心跳要停止了。我准备迎接世界末日的降临，僵尸病毒的侵袭，一颗流星的陨落，又或者在克雷森特街上爆发第三次世界大战。

"诺拉，没事儿，你看。"我没注意到卢克什么时候站了起来，他走到窗户旁，把窗帘掀了起来。他抬头望着天空，"是烟花。"他说话的同时又传来三声巨响，我又跳了起来，并且牙齿咬到了舌头。

"还没到七月四号呢。"我说着，仿佛他不知道这些，而我也不知道一样。

"快过来看。"他非常兴奋地叫我过去看，而我却感到害怕。"等等，这是我们在一起看的第一场烟花，我们需要一个更好的视角。"
我需要的仅仅是沙发和咖啡桌来帮助我站得更高。他飞快地跑进大厅，前门的锁咔嗒作响，我听到他把门闩拉开的声音。

他走了吗？他是不是忘了我不能跟着他？

我向左倾着身子，直到能看见前门。它完全敞开着，他就站在那里，靠在门框上。外面上演着一场灯光秀，每一声巨响都创造出一种新的颜色。我想起在艾米的美俏上看过的照片，如果是她而不是我在这里，她会好好地利用这天时地利的场景来制造浪漫。也许会拖着他的手走到外面，在他们仰望天空中美丽绽放的烟花时拥抱在一起。烟花是浪漫的，我记得在 YouTube 上看到过无数烟花下情侣亲吻的桥段。带着这种想法，我小心翼翼地走向门廊。没几步我就倒在了卢克的旁边，我觉得自己站不稳了，因为太想装作正常，以至于都没有提议说关上门，以防有烟花走偏了会直接飞向我们。我的膝盖支持不住了，跌坐在地板上，双腿交叉在台阶的内侧。

"我们看会儿烟花没事吧？"他问道。我想起了他没参加聚会，在周五晚上也只是和朋友们一起度过了几分钟而已。

"当然。"我欠他至少十分钟的正常时光，而我只需要保持正常的呼吸就好了。

但我总感觉事情有些不对劲儿，我的大脑在试图破坏这个场景，并拒绝接受这场绚丽的美好、乐趣，以及拒绝感受这种兴奋。

卢克坐在我旁边的地板上，他把脚放在门廊上，述说着自己从去年开始就没见过烟火。

"那今年新年呢？"我只是随口问问，因为我很清楚那天晚上一般都是最喧闹的。我的新年是蜷缩在被子里吃着薯片，听着摇滚乐度过的。

"我看着海绵宝宝，在午夜前睡着了。"

他转过身来，对着我眨了眨眼，然后转过头看向天空。他的话让我笑了起来。

我的视线集中在他的脸上，他的下巴太锋锐了，如果用手指滑过的话，说不定能割伤自己。

"我想去时代广场跨年，"他说，"就想去看看到底有什么了不起的。"

"对啊。"我叹息道。我的意思是，现在我想不出有什么比这更可怕的了，但如果说我以前没想过要去的话，那就是撒谎。

"咱们可以一起去。"卢克突然变得活跃起来，烟花没反过来看他真是奇迹。"我打赌咱们能从我妈那里得到免费航班。"

这很有趣，但与我毫不相关，我只能附和着假笑，因为我荒凉的未来毫无乐趣可言。

他转过身来看着我，不知我的表情是否和他一样沮丧。

"怎么？难道你不想去吗？或者你不想和我一起去？"他是不是在我不注意的时候撞到头了？也许是烟花散播出来的有毒气体让他犯迷糊了？

"我不能离开这栋房子，我可以肯定地说，让我搭飞机去看烟花的可能性是不存在的。"

"哦，天哪！不，我不是这个意思……抱歉，我不是指今年，我只是想说，未来的任何时候，你知道的。"

"也许吧。"我盯着我那抛光得近乎完美的脚指甲，那是我花了六个小时才搞定的。

"我们不需要现在就说定一个日子，谁知道明年的这个时候你会不会在环游世界呢？下一个春天到来的时候，你也许在欧洲呢。"我的心在微笑，不过脸上完全看不出来。"但是……你不相信有这种可能吗？"他小心地试探着。

"我不确定，但我知道这是有可能的……"我停顿了一下，不知道该如何结束我的话语，好让自己的声音听起来不像是在难过。

"但是……"他接着说。

我耸了耸肩，不知该如何告诉他我感到无助和绝望。我找不到足够的力量和能量使我每天都与自己无止境地斗争，并让医生所说的神经通路留存下来，我被困住了。

"你很勇敢，你知道吗？"

他一定是弄错人了。"你的心灵承受了那么多的恐惧，你的身体忍受了那么多的痛苦和煎熬，日复一日，但你仍然坚持着，我觉得你真的很勇敢。"

我摇头，我的大脑告诉我，他错了。我并不勇敢，但我的心里记住了他对我的印象，我的肩膀不由得更笔挺了。此刻，我觉得自己闪闪发亮，和正常人一样。胃里感觉有东西在翻腾，我发现自己在看着他的嘴唇。

"我想我对你的看法和你对自己的看法有些不同。"他说。

"我喜欢你这样看待我。"我低声告诉他。接着他倾身向前，打破了我们之间的隔阂，他把嘴唇放在了我的嘴唇上。

他的嘴巴温暖甜蜜得像薄荷糖，甜美的气息瞬间充满了我的口腔。但我想起了在电脑上看过的所有研究，以及每一个出现在我电脑屏幕上的微型生物培养皿。我想知道卢克在秋季舞会上是否喝了饮料，是否和一个患了伤寒感冒的人共用了杯子。我想知道在他来这之前，在触碰我之前，他的嘴唇又曾碰触过多少脸颊和嘴唇。我甚至想起了卡蒂诺的那个得了传染性单核细胞增多症的男生。但最让人害怕的是，他这么做的动机。

于是我的恐慌猝不及防地发作了，我突然惶恐地往后跳开，仿佛他吐出了类似强酸似的溶液，然后我用毛衣袖子使劲儿擦拭我的嘴唇。

"诺拉，我很抱歉。"他伸出手来，抓着我的手，但我很快就把手从他的手中抽走了。"糟糕，"他说着，像刚被烧过一样紧握着自己的手指，"抱歉，我不是故意的。我从没想过故意做这些事，刚刚我没动脑子，我很抱歉。"

温暖的喘息是细菌天然的培养皿。

当我扶着栏杆站起来时，我的大脑就这么运转着想着这些事，并且越来越快，就像出了故障的旋转木马，停不下来，也慢不下来。呼吸仿佛要停止了，我的嘴唇已经麻木了。

卢克不停地骂着该死，并用手抓着自己的头发，一幅刚刚见证了车祸事故的表情在他苍白的脸上呼之欲出。

"你怎么能这样做呢？"我问道，泪水顺着我的脸颊倾泻而下。言语穿过牙齿，散落一地。

"我不知道。"卢克说。他整个人慌乱地看着地板，并来回踱步。

"你根本不懂，"我脱口说出，"我以为你懂我，但你不懂。"

"我懂。"他径直向我走来，伸出双手。我的膝盖颤抖得厉害，无法动弹，我唯一能做的就是后退。当看到我的身体在颤抖时，他停下了脚步，双手紧紧地插在口袋里。"我讨厌那样，"他说，"我讨厌自己让你感到害怕。"

"那你为什么要那么做？"谈论着要带我坐飞机去纽约，去法国为我买日志，坐在这里像普通情侣一样看烟花。他认为我漂亮、聪明、有趣，但他从来没有否认我是疯子。我想知道他只在舞会上待了三十分钟，是否因为他觉得我在周末经常查阅美俏上的新状态。我想知道，在他为了一个不能接吻的女友而离开那个充满贴身热舞的、光洁无疤的肢体的房间时，可曾为此叹气。

他不是因为无聊而离开派对，一定不是。

我的大脑里在开着自己的舞会，把所有想法加在一起，就好像这些是我揭露凶手的线索一样。

"不，诺拉，别这样。"

"这就是你想要的吗？你说你不怀念接吻，但其实你是怀念的，不是吗？"他说什么并不重要，我大脑里的血流声大到让我听不见他在说什么，并且，我的脑海里已经有了答案。

"这和亲吻无关，诺拉，是因为你，因为我对你的感觉让我一瞬间迷失了。"

"胡说！你不会忘记我与众不同，也不会忘记我有这些毛病的。"

"这就是我想要告诉你的，我当时确实忘了，甚至现在都没记起。我并不能总是看见这些，但我总能看见你。"

"你想要看见正常的女孩儿，你应该留在你的舞会上，找到一个可以和你一起玩儿得开心的女孩儿，一个不会拖你后腿的女孩儿，一个在你触碰她时不会崩溃的女孩儿。"我又擦了一下嘴唇，我甚至都不在乎细菌了。

"你把我弄糊涂了。你的这些不安到底是因为我吻了你，还是因为你自己的不安全感？"我现在不能碰他算他走运，不然我会狠狠地扇他一个耳光。

"你该走了。"我说道。我的肠胃翻滚着，有呕吐的欲望。

"你不是这个意思。"他回答。他的心怦怦直跳，我甚至能看见它在他喉咙里跳动。

"不，我就是这个意思，现在让我一个人静一静。"我试着喊出来，可发出的声音很微弱，还带着一股震颤。

"诺拉，别这样……"

"让我一个人静一静！"

有那么一秒钟，我觉得他哪儿也不会去，但是，他像一只鱼儿一样，迅速地消失在了门外。

32

（1）

诺拉：

> 我很抱歉，我犯了一个巨大的错误，请原谅我。

（2）

诺拉：

> 你说得对，是我不懂，但我在学。
>
> 我买了一些书来看，相信我很快就会弄明白的。

（3）

诺拉：

> 你知道吗，美国大约有三百万人患有不同形式的强迫症。
>
> 我以前都不知道。

（4）

诺拉：

> 我今天读到关于恐旷症的书了。
>
> 有一个协会叫作"无界"。
>
> 他们有个小组，给那些想要分享故事与应对策略的人提供在线支持。

（5）

诺拉：

> 我想你，我实在忍不住才吻了你。

我知道不应该那样做，可我真的只是想吻你。

请别将我推开。

我和你在一起时，觉得自己拥有了一切。

我不该越界，但我发誓，我真的不是故意的。

33

"诺拉，亲爱的。"妈妈蹑手蹑脚地走进我的房间，安静得像只老鼠，"你感觉怎么样？"

"我的心死了。"

"你的心才没有死呢。"她把被子从我头顶扯下来，我的皮肤在突然而来的新鲜空气里嘶嘶作响。如果她只会说我错了，那她为什么还要问我。"你答应过里弗斯医生今天会从床上爬起来的。"

"这才……"我看了眼手表。八点三十分。我呻吟着，抓住被子，把自己埋在里面。上帝啊。当她想把我从自己手里拯救出来时真的很残忍。

"我希望你下楼来和我一起吃早饭。我做了火箭船形的煎饼，"我把被子翻过来，正准备做出这几天以来的第四次拒绝，可她看起来很无助。肩膀比以往沉得更低了，我怀疑这与她肩上所背负的压力有关。

"当然。"我回答。

"真的吗？"她小心翼翼，生怕吓跑我已经下定的决心。

"真的。我可以吃一个煎饼。"也许。至少，我知道我肯定不能忍受更多鼻涕一般的口服液，我必须做些什么来维持自己的意志。

她快速地朝门口走去，卷起袖子。我猜这是因为上面提到的火箭船薄煎饼还没有做好，她只是利用它们，把我从我的床单下哄出来。

"再过……五分钟就好了。"

"妈？"我在她离开房间前叫了声。

"嗯？"

"我们有收到任何邮件吗？"

她停顿了一秒，深吸一口气后向我扔下一枚炸弹："没有，对不起，亲爱的。"我不该一再追问的。我不停地让她传递悲伤的消息，坏消息，或者没有消息，这不公平。

我把责任甩开太久了。

"也许他明天就会写信，"她说，"我敢打赌他被期末考试压得喘不过气来了。"

距离卢克上次把一张折叠的、写着完美草书的黄色便条，塞过我的家门已经两个星期了。距离他吻我已经快四个星期了。

"我希望你能跟我聊聊，"妈妈说，"好久都不知道你的脑子在想些什么了。"

我不知道该怎么跟她聊。不知道从何说起，也不知道自己在想什么，也不确定自己是否想跟她说。当我说我心已死的时候，是有些夸张了，但是我被困在某个临界般的荒地里。我指使大脑把卢克的吻藏到暗处，可它便以此要挟掌控着我。

我一直是自己思想的奴隶，总是受制于自己无法成为的人和无法做到的事。但他给我带来了期许，将光线照进了我的生命，把我心中沉睡着的某些东西唤醒。我无法让它继续睡去，也无法将它培养成正常的东西。

以前我只是普普通通的诺拉。后来我是病得无法正常工作的诺拉。现在我在这两者之间飘忽不定。

"我爱你。"我告诉妈妈。

"我也爱你，宝贝。"她说。

她走了，我把手伸到枕头下面，拿出卢克给我的日记本，翻到"笔记"部分。

与我清醒的意识相反，我开始列出一张所有我想做的事情的清单：

1. 拿到我的高中毕业证书。

2. 去法国。（也许妈妈也能一起去？）

3. 学骑马。

4. 闻闻花园底层的玫瑰。

5. 试试腰果奶油奶酪。

这张单子长达六页。我们的关系不过是一场喧嚣。我知道，把所有不能做的事都写出来，会把我的灵魂撕得粉碎。但有时，这也带来别的东西。我预料之外的事。有那么一两次，我发现自己居然敢于幻想这栋房子以外的生活。

一滴眼泪滴落在纸上，把编号六洇成了无法辨识的一抹墨色。

6. 亲吻卢克。

我砰的一声关上了日记本，今天不适合做梦。

34

现在已经五点了，我看着电视屏幕上的女人把一副旧的网帘变成她口中"能引发交通堵塞的外套"。我不以为然。我想她可能被织物上的胶水味熏嗨了，因为她脸上的微笑足以划破天际。但是，我猜她每周都会表现出同样程度的谵妄，哪怕没有服用兴奋剂也一样。或许手工艺能使人快乐。如果我也能把蜡笔和玫瑰油变成一堆香薰蜡烛的话，我就不会觉得自己那么失败。或者我能用买来的大堆宝石做成服装首饰的话。一个小企业能让我自己的人生有了意义。我的祖母就是这样开始创业的。她在困难时期将酸奶和沙子混合做成面部磨砂膏的故事非常有传奇色彩。

然而我的热情碎了一地，我甚至无法重新集中精神，更不用说制作一对漂亮的耳环了。电话铃声响时我瞬间跳了起来，不是因为害怕，而是兴奋。它像颗流星穿过我的肚子，在我发现屏幕上的名字不是卢克时化为灰烬。他没理由给我打电话。我猜有这个想法只是因为现在是周五晚上，一个和以往一样的冰激凌和无聊电影之夜。

"嘿，妈妈。"

"嘿，甜心。你感觉怎么样？"她听起来很忙，我能听见她整理纸张的声音。

"我很好，"我撒谎道，一边扯过毛衣袖来掩饰胳膊上的新抓痕，

"你没事吧？"

"啊，你记得我和你说过那个新来的贾斯汀吗？"

啊，贾斯汀。那个分不清手肘和臀部的办公室新兵，每次休息回来都闻起来像大麻。

"是的。"

"他才刚走，弄混了一大堆存货单。"

我从门牙缝中挤出痛苦的声音，尽管我不知道这意味着什么。我只是附和了她的语气。

"是啊。这些家伙订购了价值将近一百万美元的建筑材料，而我们根本不需要。呃。"她的手掌拍着额头，"如果我不解决这个烂摊子，老板会杀了我的。"

"你能处理好吗？"在问这问题之前我犹豫了。当我看不到她的脸时，很难确定她有多严肃。

"诺拉·迪安，"她说道，"你也不看看自己是在跟谁说话。我能搞定任何东西。"确实。原本今天早晨家里没有鸡蛋来做她承诺的煎饼，结果她用香蕉来代替。结果味道相当不错。

"对哦。"我笑了。不严肃，只是有点紧张。

"你能搞定自己的晚餐吗？"

"绝对啦。想要我给你做点什么吗？"

"别担心我，"她抱怨道，"我有预感，今晚得通宵。你一个人待着行吗？"

"拜——托——"我嘲笑，"你也不看看自己在跟谁说话。现在一个晚上就跟过家家一样。"

"聪明，"她也揶揄道，"我会一直守在电话旁。需要什么就打电话给我，好吗？"

"我发誓"，尽管她看不到，但我还是做了这个动作。

"我的分机号是多少？"妈妈问道。她在考验我的记性，因为她没把平时超长的紧急联系名单放在冰箱上。

"妈妈，我知道那个号码。我没忘。"

"好。那你现在应该能把它背给我听了。"

"4227。现在，我该怎么联系911呢？"

"哈哈。"

可以用微波加热的通心粉和奶酪，晚餐就吃这些。我在保鲜膜盖上扎了十二下，用射线照射二十秒，比包装说明上所说的要长。对夹生的食物再小心都不为过。

我坐在桌旁，用叉子鼓捣着黏糊的白酱。每一口都让我的内心揪着然后发出咯咯的声音。但我能挺过去，吃饭才能活下去，我这样提醒自己。

除了外形，这不是我吃过的最糟糕的一餐。妈妈给我买的这个品牌的奶酪汉堡，因为他们不放黑胡椒粉，我得以不用大海捞针似的从芝士堆里挑出几乎看不清的黑色颗粒。

时钟不知不觉到下午六点了，我被迫关掉了我的美俏订阅，因为如果我再收到关于人们周五过得多有趣的通知，我就要砸东西了。

吃完饭后，我走下大厅，每次我听到声音就去检查门锁和门闩，前后八次。我的心跳在耳朵里敲打着。卢克。

不要看。不要看，不要看，不要看，不要看。每当走到门廊窗户的时候我都这么告诫自己。这只是一扇窗户，它不应该让我如此多愁善感，但事实却相反，泪水让我的鼻梁生疼。

卢克站在他的车道上，还有一个金发男，一个金发女生，一个戴鼻环的小妞，以及一个穿燕尾服搭配摇滚乐队 T 恤的家伙。

又一场派对。又一次跳舞。

这就是我的手机被毁了的原因。这些家伙都穿着合身的夹克。姑娘们打扮得像圣诞树，穿着在暮色下闪闪发光的衣服。满场微笑，兴奋地喋喋不休；我觉得自己在看一个即将上演的情景喜剧。卢克爬上了他那辆越野车的驾驶座。金发女郎爬进去，坐在他身旁。是他的约会对象吗？也许吧。另一个男孩和女孩冲下车道，跳进他们自己的车里，车上有一圈橘黄色的火焰图案喷漆。卢克的越野车咆哮声吓着我了。

我希望他能抬头看向我家。我恳求着，乞求着，祈祷着，可他没有，他倒车上了路，随后加速，第二辆车紧随其后。

我转过身，用沉重的眼神审视着这空房子。一切如旧，寂静，孤单。我仿佛被传送到一个寒冷的地方。一个偏僻的，从未见过一缕阳光，却永远下着雨的后巷。我感觉皮肤上最后一丝色彩都在褪去，聚集在脚踝处。

这是我的错。

我打碎了某种美好。

由于放任了自己混乱的大脑，我剪掉了那一件让自己觉得不是在等待死亡的东西。

他说得对。我生气并不是因为他吻了我。我让他离开不是因为他犯了错。当我被不安全感掌控时，我们之间就毁了。因为我执着于一切我没有的东西，一切我认为他想要的东西。

我应该听他的话。信任他。

焦虑像冰冻的藤蔓一样缠绕着我的肺。它挤压，再挤压，直到我喘不过气来。我在坠落，飞快地，我只想到一种可以阻止它的方法。

爬上山一般的楼梯时，我的腿都不像自己的了。好不容易爬到山顶，我浑身都湿透了。世界飞速旋转着。我只想让它停下来。我想要心脏停止抨击。我想一个人待着。我考虑得太久，大脑都起水泡了。现在一想就痛。

我浑身无力，跌跌撞撞地走进浴室，砰地打开灯，抓住水槽让自己镇定下来。

水中的倒影让我泛恶心。我把脸盆抓得太紧了，以致指节都暴起。我想知道假如切得够深的话，我是否能让大脑永不再混乱。

"你毁了我。为什么就不能让我一个人待一会儿？"我尖叫着伸手去拿剪刀。手腕碰倒了一盒棉签，它们从柜子里掉落在地板上。

这让我想起和祖母在一起的那个夏天，在她的花园里吹着蒲公英，在漂浮的种子下跳着舞。

天啊，我想念那个女孩，那个赤着脚在花园里转圈的女孩儿。

我滑落到地板上，手里拿着剪刀。我还没看过之前的伤口。起初我隔着牛仔裤还能感觉到刺痛，但之后就没有了，然后我挣扎着努力忘记它。那样的话，我心里能更舒服一些。

手指滑过空隙，我找到它了。它微微地隆起，仍在愈合。感染的可能性使我放过了它。我转而移到下面的旧伤疤上。剪刀悬停着，我低下头，拉紧皮肤。

我的双眼紧闭，挤出了更多的眼泪。卢克的脸，我将手放在他的手上，他开始笑得像在去糖果城路上的小孩，深深地印在我的眼帘。我能触摸他。死不了的。如果当时我可以夺回掌控力，把我的脑袋放慢一秒钟，我们现在应该还在一起，一起看着电影。

我想告诉他我很抱歉。我想告诉他我很不安。我想告诉他我很麻烦，我的大脑是一团乱麻，我的病放大了那晚哪怕最细微的想法。我想告诉他，他的吻吓了我一跳，但我忍不住想要再吻一次。我想请他教我如何触摸。

我想告诉他我想他了。

我把刀口靠近大腿，但后来发生了一些以前从未发生过的事。我遇到了阻力，就像皮肤和剪刀之间有一道无形的屏障。我无法让它们接触，无法允许自己这么做。用手背擦了擦鼻涕，我用拇指轻抚着锋利剪刀边缘。我不确定我在找什么，一个力场，一根木偶弦，或者某种东西。可我一无所获。这意味着一定是我，阻止了我自己。我甚至无法揣测那意味着什么。

我在浴室的地板上蜷缩成一个小球，从放声大哭变成了小声啜泣，等待心脏和大脑缓缓慢下来。我把膝盖抱得太紧了，几乎能够得着下巴了。剪刀一直蜷缩在我手心里。我将其放在胸口，不确定自己是否还需要它。

35

　　睁开双眼时，我的眼睛一阵刺痛。浴室里灯光明亮，把接触到的一切都漂成明亮的白色。我的身体猛地醒来，我铆足力气，挣扎着爬起，蹒跚着走向门口。我环顾浴室，想知道我是怎么来到这里的。我身体的轴承擅离职守，如同散落的弹珠滚落在地板上。有那么几秒钟，我什么都想不起来，直到我感觉有东西在我手里，并展开手指发现剪刀，才记起我来到这里想要割伤自己。但我没有，我阻止了自己，这是我之前从未做到的事。

　　出去的时候，我不假思索地把剪刀扔在了垃圾桶里。

　　我顾不上联系卢克，艰难地穿过大厅，走向我的床，并栽倒在上面。我戴上耳机，听着我上周下载的最伟大的爱情民谣专辑，然后在手机上打开一个新的信息窗口。

　　说抱歉很难。

　　我试图在解释和情感勒索之间找到平衡点，却引起了冲突，并在大脑中引发了一场风暴。

　　疲惫灼伤了我的眼睛，打字也变得越来越难。与其说我在解释，不如说我在犯更多的错。我眨了眨眼，恢复视力需要几分钟，而不是几秒钟。我真的需要下楼，在天黑之前打开所有的灯。

　　可我做不到。

　　再次眨眼之后，我惊醒了。我感到一阵短暂的恐慌，因为什么也听不见了。随后我意识到自己还戴着耳机，我扯下耳机然后坐了起来。我的头感觉像蒙上了一个枕头般混沌不清，啊，我不应该沉醉于爱情歌曲，因为情绪宿醉是最糟糕的。

夜晚已经蹑手蹑脚地潜入卧室，将所有的一切都盖上了黑色的毯子。在睡梦中的某一刻，我的手机滑出了口袋。我伸出手，轻拍我的床单来寻找它。当我的手指点击到屏幕时，它亮了，耀眼的光束映入眼帘，烧灼着我的角膜。

这肯定对你的头痛有帮助，我默默地责备自己。

我查看时间，绿色和紫色斑点在我的眼前起舞。深夜两点，啊，我一定是累了才会这样。

我需要一杯橙汁和一条冷敷毛巾，于是我带着通体的热情，抛下手机，从床上滚下来，跌跌撞撞地走出了门。我在这所房子里住了十七年，却仍然要依靠墙的指引去摸电灯的开关。

我把手指顺着墙上摸下来，经过我、妈妈和祖母三人的照片，照片里我们都穿着周日的盛装，尤其是在我十三岁那年的一个周三拍摄的这张。

这是我度过的最后一个真正意义上的夏天。

我手指经过的最后一张是艳俗的、金色的、上面标示着"祝贺你中学毕业"字样的证书。电灯开关就在这之上，就在妈妈房间的前面。

在我就要开灯之前，我注意到了从妈妈房间的门缝中透露出的微弱的皎洁月光。

奇怪，门是开着的，为什么门是开着的？妈妈的门从不开着，我们有约定，并且她从来没有违反过约定，自从我生病以来从没有过。

"好吧，大脑先冷静一下。"我在心里对自己说。

但这种自言自语和别人试着劝说我时的效果是一样的，那就是根本没用。我脑中的齿轮已经转动，抛出的想法使我毛骨悚然。

可能是老妈，也许她在家，只是忘了关门，毕竟她有很多麻烦事要处理。但是，如果她这时候在家，她应该已经上床睡觉了。如果她在床上，那为什么她的窗帘没拉上呢？

因为她不在床上，她不在她的房间里！

我盯着门把手，仿佛看到妈妈关闭它后一路小跑着下楼去上班。她叫醒我后，我就从房间里出来了，然后我们在楼梯中间的平台相遇。

我记得。

我记得她因为没有洗去手上的黄铜气味就去工作而变得焦躁不安。

但如果妈妈关上门后，我没有打开……这时，砰的一声，妈妈的银首饰盒发出了一个单独的音符声，恰好印证了我的怀疑。它只有在被打开时才会这样，然后里面水晶芭蕾女郎的指尖会开始旋转。我震惊得好像整个世界来了个急刹车，随后整个身体开始抽搐。

有人闯进了我家。

我的呼吸急促了起来。

给老妈打电话！这是我下意识的反应，于是我把手伸到腰带上，但手机不在那里，我把它落在床上了。回头看我走过的路，走廊在脚下被拉长。

糟了！

不知如何是好，我的眼睛看向了脑后，这让我失明了一秒钟。

一巴掌拍醒自己，有一件事我绝对不能做，那就是放弃。

我的身体因为肌肉痉挛而疼痛，于是我转动下巴，尽力放松肩膀。我必须呼吸，往我的血液里增加氧气，尽我最大的努力阻止心脏乱跳。我的耳朵能听到心跳声，如果不是我那么害怕的话，这声音听起来应该很催眠。

我不得不行动，在那人出来发现我之前，远离这扇门。回到自己的房间肯定是不行了，如果那人想抢劫我们，那么下一个要进的就是我的房间。我知道他们还没去过那里，因为所有的东西都没有翻动过。他们本可以拿走我的手机、电视和我的 iPod，但它们都还在那里。天啊，祖母还曾给我买了一副比一辆普通汽车还值钱的耳机。

浴室也不能去，那里无处可躲。因为早在六岁的时候，我就已经躲不进亚麻布壁橱里了。

正常的逻辑告诉我应该下楼，但现在不可能，因为我的膝盖上仿佛挂着铅块般沉重。但我得想办法，不然就得冒着与不速之客撞见的风险。如果撞见了会怎样？如果他有武器怎么办？如果他绑架我怎么办？如果他杀了我怎么办？我的求生本能真的如此不堪一击吗？

我浪费了太多时间在"如果"上了。

我必须在身体罢工之前移动。身体唯一还能正常工作的部分就是我的胳膊了，于是我蹲下，把臀部放低在地毯上，然后用胳膊把自己推到台阶上。这就像划船，只不过会有更多的摩擦。走廊里破旧的绿色地毯与我的皮肤间产生了充满阻力的刮擦，比我的手臂碰到滚烫的水壶上时更疼。

我的脚趾试探着面前的地板，像一根拐杖一样默默地敲击出我的路。当固体表面消失时，我知道我已经找到了第一个台阶。我把自己推下去，身体撞在第二个台阶上发出了刺耳的声音，我在心里对自己的脊椎保证下一个台阶一定会更小心。

我继续走，刚走到一半，就听到妈妈房间的门吱的一声。外面漆黑一片，没有我眼睛适应之前那么黑，但在夜色里我还是能隐藏得很好。我祈祷这足以掩盖我的身影，随后又向栏杆边上更暗的地方挪了一点儿。

闯入者先是离开我妈妈的房间，我祈祷自己最好不要看到他，但是那个凡事都要有准备的我必须知道他接下来要进入哪一个房间，必须知道他长什么样以防警察将来的询问。我也要为自己弄清楚，等这一切结束了，我要知道是谁闯进了我的家，并且永远毁了我的安全地带。

我眨了眨眼睛，将挤出的眼泪从脸上擦干净。闯入者转过身，我吓了一跳，挣扎着忍住牙齿后面发出的尖叫声。这个混蛋戴着骷髅面具，呕吐物涨到了嗓子眼儿，我举起颤抖的手，默默地捂住嘴巴，将它们和啜泣声一起咽下。当他沿着走廊移动时，他的夹克发出嘎吱嘎吱的声音。我注意到他的牛仔裤，或者更确切地说是口袋上缝着的骷髅……

我的大脑开始追溯到我第一次见到它们的那一刻。

该死的。

我必须马上离开这座房子！这是那个"帮手"的家伙，那个几个月前站在厨房，对我几乎赤裸的躯体抛媚眼的家伙。我还记得他深色的眼睛像蟑螂一样爬上我的身体。

他说他有钥匙，他说他在遵循公司的程序，但我妈不会允许任何人有我们家的免费的通行证。我早就该知道，早就该看穿他的谎言。我不敢想他那天是否打算抢劫我们，因为如果真是那样的话，那就意味着我打断了他。天啊，他一定很恨我。

我看着他消失在我的卧室里，然后我继续滑下楼梯，直到触到最后一个台阶。我不能踏两次，因为没时间了。

我突然担心他一旦发现我的房间是空的，就会意识到我在试图逃跑，这样一想，我的心脏快要停止跳动了。

我滑到地板上，双手和双膝着地，然后向门口爬去。当有什么东西扎进我的手掌时，我的牙齿差点咬到舌头。有一个爆裂声响起，随后是几个连续的爆裂声。我愣住了，并努力咽下更多的眼泪和满嘴的热口水。

起初我想不明白它们是什么，我最好的猜测是我正在一堆锋利的纸张里爬行。但当我举起手，看到它们在穿过门廊窗户的月光下闪闪发光时，我就知道了这是碎玻璃。我的头猛地转过去查看着祖母的格鲁吉亚玻璃柜，那个人一定无法打开那把生锈的古董锁，因为他俨然把柜门的正面报废了，于是我在满地的残渣上流着血。

来不及细想了，门距离我只有一两米远，但我的眼睛又翻动了起来。我屏住呼吸，想象着我的床，我柔软温暖的床单，我最喜欢的书，妈妈和我在床上谈论电视节目的样子，以及卢克的微笑和他与我皮肤相触的感觉。

疼痛没有停止，但爆裂声却停了。不知怎的，我做到了，虽然我的手被浸湿成了红宝石色。在我伸手去够门闩时，它们晃得就像响尾蛇的尾巴。咔嗒一声，我拉回螺栓，门没坏，那个人一定是从别的地方进来的。我拉开一小截，让月光倾泻进来，一股新鲜的空气吞没了我，我从来没有感觉这么好过。

现在我得穿过车道，但这好比上一堂陆军突击课般艰难。我停顿了一下，咬紧牙关，感觉下巴都要断了。手掌上冒出的汗使刺痛感加剧，伤口火烧火燎的。

我做不到，该死的，我发现自己做不到。

这是我的新地狱，被诅咒也不过如此。在脑海里骂了一千次该死的，明知用手挠头是个错误，可我还是这么做了，于是鲜血溅到了我的金发上。

我听到楼上传来微弱的声音，那个傻瓜绊到了什么东西。老天，我真希望他的小腿磕在了某个尖角上。我甚至希望他把我那哥特式的尖角装饰撞进骨子里，疼到他反胃。可我又想如果他受了伤的话，可能会更恼火，然后我的处境会更危险。

我真的该走了，因为他随时有可能发现我。

我把门开得更大些，缝隙宽到足够我穿过。

我不知该去往何处，于是我看向了卢克的房子，他的车停在车道上。我希望那儿有一盏灯亮着，可那地方却笼罩在黑暗之中。特里普斯家的房子也是暗的，整条克雷森特街都在沉睡着。

卢克的房子是最近的选项，而且他给我带了没放巧克力碎的冰激凌，因为他知道我讨厌它们。当我的腿罢工时，他替我取橙汁。他把星星带进我的卧室，这样我就可以在它们下面躺着。他谈论我的未来，尽管连我自己都不确信是否还有未来……他让我感到安全。

我需要再次感到安全。

我的双腿仍然像冰块一样稳定，所以我除了往前走，别无选择。我把手掌一次次地放在地上，我简单地想了一下这些年来所有在门廊上踩过的运动鞋、靴子、凉鞋以及其他鞋子……想着想着我就快哭了，因为我所有开放的伤口上都已经沾染上了病菌。

我的肩膀摆脱了大门，一切都变大成了原有尺寸的两倍。

加油，诺拉，你不能待在这里。我呼出一口气，双眼紧闭，希望这样能扫清我视线里的障碍，然而并没有。

我抬起手掌，慢慢地向前移动，然后再重复同样的动作。一步又一步，直到我划破的膝盖也和双手一样进入了充满感染物的门廊，我才放开了压抑的声音。

夜晚很凉爽，黑色漫无边际，难以想象太阳居然能覆盖它。我身上的每一块肌肉都紧绷着，内脏也快被弹性带给勒死了。我哭哭啼啼地挪下台阶，希望它们能停止晃动，好让这一切变得容易些。

我的尊严仍然被困在房子里，身体却从门廊上摔了下来，栽倒在水泥车道上。我的左臀撞在地面上，没有受伤，但下巴磕得太狠了，牙齿砰的一声合上，几乎把舌头切成两半。

我抬起头，吐出鲜血。

卢克家的前门仿佛还在一百万公里之外，为何我走了这么远，却还剩这么多？

我的房子里传出砰砰砰的响声，我踩楼梯的次数多到足够让我认出这个声音——他要过来了。

我忍着痛，撑着双膝又立了起来，并尽可能快地爬向黄杨木树篱。我拖着身体穿过树篱来到卢克家的前门时，就像聋了一样什么也听不见。

我用拳头用力敲打玻璃，使劲地捶。另一只手在我回头看见时狂按门铃。

我的门廊上站着一具骷髅。

"求你了，卢克，开开门！"我试着尖叫，但恐惧挟持了我的声带，这充其量只是一声怯懦的喊叫。

骷髅突然转身，然后跳下门廊。我以为他会逃跑，但他开始向我走来。

我重重地捶着，重到我怀疑拳头是否能把这扇门敲穿。"卢克！"这次我真的叫出来了。我的喉咙发出嘶吼，像只被解放的狮子，足以震碎酒杯，扬起风沙。

像日出一样，一束温暖的橙黄色光芒从门后透出来，我听到悬挂的链条声，门飞速地打开了。

我什么也没说，只是倒进他的胸膛，紧紧地依靠在他的身上。

"诺拉？见鬼了！"他说。

"那儿有……有……"边哭边说真的很难，我泪流成河地哽咽道，"有人闯进了我家。"

"诺拉，你妈妈呢？她还在房子里吗？"

我摇头否认，这是我在嘴唇失去知觉前能做的全部了，随后我的面部也失去了知觉。他用一只胳膊抱住我的肩膀，另一只胳膊抱起我的双腿。

"卢克,发生什么事了?"我听到他妈妈在他抱起我的时候询问。我没入他的怀抱之中,所有的肌肉都长舒了一口气。

"打电话给警察和救护车。"他说。我把头贴在他的心脏前,在我脸颊下感受他搏动的心跳。

"我会保护你,"他说,"你安全了。"

在他的呼吸声里,我极其放心地失去了意识。

36

温柔的手指抚摸着我的脸颊，我的眼睛慢慢地睁开。

我的身体全部紧缩起来，晃动得跟果冻豆似的。妈妈低头看着我，微笑着。她用海绵似的东西按在我的嘴边，我用嘴唇咬住它，从中汲取水分，直到它彻底变干。

"别紧张，"她用比丝绸更柔和的声音说，"喝得太多、太快会让你反胃的。"

除了她的脸，我什么都没注意到。然而，恐惧依然像一群饥饿的秃鹫一样在头顶盘旋。

"我们在哪儿？"我问，但我们都知道我已经有答案了。工业用的强力消毒剂的气味腐蚀了我的鼻腔，覆盖在我身上的被单摸起来像玻璃纤维，很明显我在医院里。

"宝贝，尽量不要恐慌。"

恐慌，对了，就我现在的情况来说，是不无道理的，只是我的身体似乎很听话。我能感觉到我胸中有某种东西鼓动着，也许是恐惧。不同于过去的四年里我的大脑中所体验的那种恐惧，这是不同的，它更弱，更隐蔽，我不确定它有破土而出的动力。

我抬起眼睛，看见我的手被紧紧地裹在白色绷带里，一个黄色的静脉针从顶端伸出。我随着管子，往上，再往上，直到看见两袋液体，它们已经空了一半。一袋清澈，另一袋乳白色。很好地解释了我的焦虑水平的突然变化。

"妈？"

"这只是止痛药和一些镇静剂。"

"不！"我摇着头，伸手去拿针，但我的另一只手扎着绷带，它拒绝按照我告诉它的方向走。起初我认为额外的包扎是为了限制我的行动，然后我意识到那根本不是因为绷带，而是因为我的身体不听使唤。

嘴里发出醉汉般呜咽的声音，我全力地专注于手指，试图物理性地将指令传导过去，但是它们拒绝感知我。是药物作用，在我的身体里运行，像一个邪恶的纳米机器人，阻断了我的控制，我呼吸困难。

"亲爱的，"妈妈轻轻地碰了一下我的手，"听我说，你已经注射这个药快两天了。这两天没发生任何可怕的事，证明这对你有帮助。"

"我不能……我……"我的大脑开始模糊，某个监控开始响起单调的哔哔声。它听起来像一个微波炉，当它完成一个循环后，便会希望引起你的注意。那是我的心跳声吗？它本该节奏那么快吗？它本该……我不能再继续想下去了，因为我忘了本该要想什么了。

哔哔声就像蝙蝠信号一样，使护士飞奔进摇晃着的门。她的头发是鲜艳的橙色，扎在脑后，俨然一个超级英雄附体的实习医生。

"早上好。"她珍珠白的牙齿闪闪发光，而我只想问她这有什么好的。我犹像了一下，却无力唤醒体内的那个我。

妈妈后退一步，护士取代了她的位置，在我身边忙活起来。固定在她丰满胸前的徽章写着"卡门"。我的床边有一瓶绿色消毒剂，我看着她按压了几下，直到喷嘴喷出来一串清亮的液体。它落在手掌上后，会先变白，然后变成泡沫。她将它擦满双手，像我一样，确保手指间的所有位置都不落下。如果你不张开手指，你就不会惊讶地发现原来手上有那么多地方没洗到。然后，令我恐惧的是，这个护士，一个完全陌生的人，碰了我。转眼间，她把手伸入我在医院穿的睡衣正面，把原本粘在我胸口上的某些东西拉了出来。

"别想着你还会需要这些东西了。"她说着，抽出手时，她的指节擦过我的胸部边缘。她信步走到垃圾桶边，把黏黏的东西滴入其中，然后从门上挂着的消毒剂里又挤出一串儿消毒液在手上。

我看着妈妈，看着她畏缩时，我意识到自己面部从不同的方向扭曲着。

"深吸一口气。"她低声对我说，是护士回来了，并从口袋里掏出像笔一样的东西。

她说："亲爱的，直直地看我后面的墙。"原来不是钢笔，是手电筒。她打开一端，照进我的眼睛。

"嗯，看起来都很好。"她冲我笑的时候鼻子会皱，"我会尽快开出处方，希望能在今天结束之前把你送回家。"

"家。"我跟着说。它再不是世上唯一一个能阻止可怕的东西伤害到我的地方了。"家"这个词应该能唤起人们对茅草屋、花坛和白色篱笆墙的记忆。我现在看到的是骷髅和点缀着我那流血的皮肤的玻璃碴。

"是的，"护士回答说，"没有什么比得上你自己的床。"她自顾自地笑着，然后像她进来时一样地离开，像有突发事件一样匆忙。

"他们抓住他了。"妈妈说，边说边试图理解我的想法，"卢克打电话报了警，他们在他准备逃跑时抓住了他，我可以告诉你这些吗？"

我觉得不可以，嘴上却说好。

"我们家不是他第一个下手的房子。那家伙利用他的工作去踩点，寻找脆弱的人，他会坐很长时间的牢的。"

我想她是为了让我好受一些，但我什么都感觉不到。

"卢克还好吗？"

"他担心死你了，一直打电话过来。"她转过身，指向房间角落里的一张桌子，上面放着两大束黄色和紫色的花，"他总是给你送雏菊和康乃馨。"

花儿很美。我闭上眼睛，想起我倒下时他把我抱得有多紧，我希望他也在这里。

"我告诉他你会尽快给他回电话的。"嗯，我会的。

"告诉我你在想什么。"妈妈打破即将蔓延开来的沉默。她坐在我的床上，伸手在我的髋关节画圈。

"我也不知道。"我感觉大脑被困在一个花瓶里，每次我越想弄明白什么的时候，它就箍得越紧。

那个闯入者、我受伤、离开房子、不得不住院、注射镇静剂、被陌生人触碰……我的脑子里太满了，一时难以消化。我的人生糟透了，它是一张阴影中的脸，一个酒吧里的陌生人，一个我怎么也认不出来的倒影。

我被迫质疑那些一直以来让我得以安全的想法，尽管大脑里有一整个信息库，突然间，我竟无法判断它们是否值得一读。

"休息一会儿，"妈妈说着，身子往前倾，吻上我的前额，"我们会帮你度过这一切。这一切很快就要结束了。我向你保证。"

康复期间

在描述着可怕现实的黑白纸页在我家被取缔之前，我经历着一个阅读非小说类书籍的阶段。大多是名人的自传，其中有一本是关于一个叫奥德丽·克拉克的女人白手起家的故事。大萧条时期，奥德丽在布鲁克林区开了一家小杂货店。

在这十年漫长痛苦的岁月里，她被抢劫犯抢走了大部分库存，讨债人拿走了剩下的东西，包括她的衣服。到萧条结束时，她没有房子，也没有生意。她在邻居的工具棚里睡觉，这时她开始用写作充实自己的生活。她的书写得很好，最后她从热心的出版社那里赚了不少钱。后来她生活在一个上等的社区，周末打高尔夫，还收集老爷车。

我喜欢读奥德丽的故事，因为她从不认为自己被打败了。

她说过一句话，每当我咽下5-羟色胺抑制剂，看着那该死的乌鸦跳跃在窗台上时，这句话便不断地出现在我的脑海里：

"不论多糟糕的情况，你的大脑都能适应。突然间，那些起初看起来很可怕的事情，会在接下来的挑战面前变得微不足道。你一次又一次地适应了，直到发现自己无所畏惧。"

我从来没有真正理解她这些话的意思，直到我不再认为害怕奇数是一件不正常的事，因为我已经爬过玻璃碴。

"停止戏弄那可怜的乌鸦吧。"

我的骨头短暂地离开了我的身体，当我转身时，我发现卢克站在我的门口，双手插在口袋里，把他的牛仔裤拽得低垂到臀部，我甚至可以看到他短裤的松紧带。我咽下突如其来的唾液，一根细束发带把他的头发从脸上挪开。他的眼睛使我想起了大海，他的微笑应该被挂在画廊里。

我最好的朋友，我的男朋友。

"我没有戏弄它，是它戏弄我。"我一边为自己辩护，一边抓起放在床尾的包。

"别忘了你的球。"他指着梳妆台上的两个彩虹球，眨了眨眼睛说道。

"看我的。"我说着把球抛向空中。

"好样的。"看我玩着杂耍，他回答道。经常带着圆形物体会使你变成马戏团的小丑，还有，距离从我上次刮破皮已经快一个月了，里弗斯医生和我就允许咬指甲仍然意见一致。

起码现在还一致。

卢克咧嘴一笑，我的室温就升到了佛罗里达州七月的温度。然后他做了我们最近一直在做的事情……他伸出手来。

"你的战车在等着，女士。"我犹豫着，盯着他的手指，他的手掌。他有算命先生所说的长寿线。

"你有……"

"先洗手吗？"

"是的。"

他给我一个眼神，让我浑身一个激灵。接受奇怪的人是他的超能力，虽然他不知道，但他一直在暗中教我如何接受自己。幸运的是，学习是我所擅长的事。总的来说，我一直是一个能超额完成任务的人。

总有一天，我会彻底理解正常的概念。我甚至可以与自己那些深入骨髓的怪癖和疯狂片段们和解，不需要任何药物或治疗来破坏它们。它们是我的一部分，只要我感觉正常，它们也可以正常。

在我有时间想明白之前，我把手拍入了他的手掌心。我最近吃的药延迟了我的疯狂，时间仅仅足够让我在觉得它会毁了我之前完成这个动作。一旦完成了，它就无法毁了我，里弗斯医生说我所要做的就是集中精力减慢心率。对一个从未与卢克亲近超过五秒的女人来说，说起来容易做起来难，但我想这些都会改变的。

"你真的不介意和我一起去吗？"当我们走出房间时，我问道。

"你在开玩笑吗？你说了那么多关于她的话，我迫不及待地想见到这位好医生。"他是认真的。当我第一次有让他和我一起去接受治疗的想法时，我曾质疑过他的热情。但最近两周他一直提起这件事，于是我舒适地靠在他的手臂上。因为：一，我沉迷于他那含有冬季香料的须后水的味道；二，我们已经开始下楼，我能感觉到胸膛里一阵焦虑。

"你还好吗？"他在我们走到倒数第二个台阶时停下来问我。我深呼吸，然后点点头，我的下巴开始放松，因为我不希望它在我想要开口时又开始抽搐。妈妈从厨房里出来，给了我一个"我的小女孩终于长大了"的眼神，端着她印着"世上最好的妈妈"的杯子。

"你可以的。"她说。

"你完全没问题的。"卢克肯定地说。

我笑了，然后带着笑意，我们朝门口走去。

在我踏两遍最后一个台阶之前。